Karma

Autor: Mark Wilkins

Si hubieras tenido la oportunidad de hablar con Pablo Ortiz, podrías pensar que era un hombre sencillo. Parecía tener una visión muy simple de la vida. Todo parecía ser blanco y negro con Pablo; no había lugar para sombras grises. Pablo Ortiz pudo haber parecido simple, pero había llegado a sus puntos de vista de la vida a través de una serie de complicaciones.

Los padres de Pablo emigraron a los Estados Unidos desde México. Pablo nació en los Estados Unidos pero era un niño de dos culturas totalmente diferentes. Hablaba dos idiomas completamente diferentes. Estaba en una posición entre estos dos idiomas y dos culturas y tomaba prestadas cosas de cada uno. Hablaba un inglés perfecto pero en Español tenía un acento claramente Guadalajara que provenía de su abuelo, que vivía con la familia de Pablo.

El abuelo de Pablo fue una influencia profunda en Pablo en su juventud. La sensibilidad urbana de Pablo fue infundida por una mezcla de sus padres Rituales Católicos y la Cultura Popular Mexicana de su abuelo.

Pablo conoció a muchos otros niños cuando el crecía, pero no tenía amigos verdaderos. Los niños inmigrantes pensaban que él era demasiado "Gringo" y los niños blancos pensaron que él era demasiado "mexicano" para pasar el rato con él o permitirle pasar el rato con ellos. En el mundo común en la educación pública, Pablo siempre fue un niño solitario. Nunca sentía que encajaba. La mayoría de los otros niños pensaban en él como un solitario.

Pablo tuvo dificultades con sus estudios en la escuela. Podía hablar inglés, pero leer y escribir era muy difícil para él. Sin compañeros para compartir ideas y preguntas a los maestros muy ocupados y sin personas con quien hablar en inglés en su casa, Pablo se sintió aislado y abrumado. Se quedó solo para estudiar en el aislamiento no aumentó su probabilidad de tener éxito. Luchó por la escuela.

También tuvo problemas en casa. Los padres de Pablo eran católicos devotos. Su amado abuelo era un cristiano de nombre solamente. Fue influenciado más por las enseñanzas antiguas de sus raíces mestizas. Los padres de Pablo lo arrastraban a la iglesia todos los domingos. La cultura de la iglesia le dijo que había un Dios amoroso cuya voluntad siempre se hacía. Le dijo que todo lo que pasaba era parte del plan de Dios y que los Milagros podían pasar con la fe y la oración. El Abuelo de Pablo le dijo que podía hacer su propio futuro y que había leyes cósmicas que él podía seguir para guiarlo en su vida. Una de esas leyes se llamaba Karma.

El abuelo de Pablo explicó que la ley del Karma enseñaba que todo lo que una persona hace con el tiempo se le regresa. Le dijo a Pablo que las cosas buenas que hizo hoy darían beneficios en el futuro y que las cosas malas que hizo hoy le darían consecuencias en el futuro. Utilizó una analogía de la granja. Le dijo a Pablo que si un agricultor planta semillas en la primavera las fertiliza durante todo el verano y cosecha en el otoño el agricultor disfrutará de los beneficios de una buena cosecha. Si el agricultor se olvida de fertilizar algunas de sus semillas, puede sufrir las consecuencias de una mala cosecha llegado el momento de la cosecha.

Cuando Pablo oyó por primera vez las palabras de su abuelo, se preguntó si Karma jugaría un papel en su vida. Se preguntaba si jugaría un papel y qué papel jugaría. Buscaba signos de Karma en su vida, pero nunca los vio. El concepto de Karma competía con otros conceptos como la oración, la voluntad de Dios y las cosas que escuchaba en la escuela. Todos ellos le habían impresionado y la suma total de todos ellos creó una especie de confusión esquizofrénica multicultural en su cerebro.

Con el tiempo, la soledad de Pablo, el aislamiento y la falta de éxito comenzaron a dar forma a su visión de la vida. Luchó por mantenerse al día con sus estudios, en un intento de moldear su propio futuro con sus acciones como su abuelo le había enseñado. Continuó luchando. Él le rezo a Jesús para que le ayudara con sus estudios o para que le enviara un ángel para que lo ayudara como su iglesia le había enseñado, pero no hubo ayuda. Se preguntó si era la voluntad de Dios que él sufriera solo. Empezó a sentir que la suerte estaba en contra de él.

No pasó mucho tiempo antes de que Pablo dejara de esperar un milagro. No pasó mucho tiempo después de que él dejara de orar pidiendo ayuda. Poco después, dejó de pensar que las cosas fueran afectadas por sus acciones. Es por demás decir que él también dejó de creer en la ley del Karma. Pablo empezó a pensar en el concepto y en la visión de la vida de que la vida era injusta y que era imposible cambiarla.

La idea de que la vida era injusta se convirtió en la excusa de Pablo para todo lo que él quería pero no podía tener. Se convirtió en su excusa para no tener éxito en nada y en todo. Se convirtió en el bálsamo que lo consoló cuando estaba afligido. Se convirtió en su filosofía para la vida misma. El Profeta de la Vida dijo: "Tu percepción determina tu realidad". Con el tiempo, la percepción de Pablo de que la vida era injusta se convirtió en su realidad.

Sin embargo, a pesar de la noción de que la vida era injusta y se arraigó en su mente, de una manera mucho más profunda que cualquier otro concepto y noción que le precedió, la vida de Pablo continuó. Continuó sobreviviendo, sin importar lo que había ocurrido en su vida. La vida lo envió a través de pruebas y dificultades como lo hace con todos. La vida proporcionó a Pablo muchas oportunidades de aprender y cambiar y crecer de cada uno de ellos. La educación conflictiva de Pablo con culturas conflictivas que luchan por la superioridad

Y los últimos fracasos de todo lo que había pasado anteriormente para cambiar su vida para mejorar, obstaculizado su capacidad de ver más allá del mantra que coloreó su filosofía de que la vida era injusta.

La visión de vida de Pablo estaba coloreada por otra cosa. Pablo temía contraer una enfermedad. El temor de Pablo de contraer una enfermedad era bien fundado. Creció escuchando historias de personas que habían contraído enfermedades en inodoros públicos y espacios públicos sucios. Su padre le contó acerca de un tío que había contraído una enfermedad mortal de transportar basura de la gente a los basureros. Su madre le contó acerca de las ratas que solía ver en las pilas de basura en su vecindario en la Ciudad de México y cómo esas ratas portaban enfermedades.

Al crecer en una gran ciudad del suroeste de los Estados Unidos, Pablo había visto pilas de basura en edificios abandonados, en lotes vacíos y en las esquinas. Había todo tipo de bichos repugnantes y animales en la basura. Sólo sabía que la basura estaba llena de enfermedades de todo tipo.

El pensamiento de esas enfermedades hizo que los pelos de la nuca se pusieran de pie.

La fobia germinal de Pablo se acentuó por un incidente que ocurrió cuando tenía nueve años. A través del primero, segundo y tercer grado, los estudiantes de la escuela de Pablo sabían que tenía miedo de la basura. La mayoría de ellos se acomodaron a su miedo. Los profesores nunca le hicieron vaciar la basura de la clase. Otros niños no dejaban su basura en su mesa durante el almuerzo. A Pablo nunca se le pidió barrer o lavar mesas o escritorios. Sin embargo, en cuarto grado, Pablo se metió en la mira de un intimidador de la escuela a la espera de nuevas víctimas.

El intimidador, cuyo nombre era Frank, era un estudiante de quinto grado. Era más alto que los demás estudiantes y tenía sobrepeso. Frank era maltratado en su casa y se desquitaba con los estudiantes de la escuela. Regularmente tropezaba con los estudiantes que corrían cerca de él. Intentaba golpear a otros niños a menudo derribándolos. Se metía delante de ellos en las filas del almuerzo y si se quejaban, los golpeaba en la cara. Un estudiante de tercer grado dijo una vez a un maestro que Frank lo había derribado y unas semanas después, le rompió la pierna en el camino de la casa a la escuela. Nunca le dijo a nadie cómo se la había roto, pero temblaba en cualquier momento que Frank se acercaba a él.

Un día, Frank "golpeó" a Pablo en el pasillo.

Golpeó a Pablo en su trasero y luego se rió con ganas mientras se alejaba diciéndole a Pablo que mirara hacia donde iba. Al día siguiente, Frank tropezó con Pablo mientras Pablo estaba participando en un juego de perseguidos. Pablo sabía que Frank estaba planeando algo porque Pablo vio a Frank hablando con sus compañeros de clase. Ninguno de los otros niños le conto a Pablo lo que Frank les estaba diciendo a pesar de sus reiteradas súplicas para que lo hicieran.

Pablo estaba preocupado. Él fingió que estaba enfermo por lo que su madre lo mantuvo en casa de la escuela por un par de días. La semana siguiente regresó a la escuela pero evitó ir a almorzar para que Frank no tuviera la oportunidad de verlo o confrontarlo.

Un día vio a Frank, pero Frank lo ignoró. ¿Podría ser que Frank se había olvidado de él? Pasaron varias semanas y Frank no molestó a Pablo en absoluto. Para este momento era diciembre y Pablo comenzó a concentrarse en lo que iba a hacer durante las vacaciones de invierno.

Un día Pablo tuvo que ir al baño. No le gustaba usar los baños públicos y, a menudo, sostenía su orina o caca hasta que llegaba a la casa. En este día en particular, Pablo realmente muchas ganas de ir la baño. Había logrado aguantarse todo el día, pero los últimos cinco minutos del día escolar, había llegado al punto en que no podía aguantarse. Preguntó al profesor si podía ir al baño. Cuando consiguió el permiso, corrió al baño de los niños y se sentó en el inodoro justo antes de que la explosión comenzara. No tuvo tiempo para preocuparse por los gérmenes que probablemente estaban al acecho en el asiento del inodoro.

Pablo salió del baño veinte minutos después. Disgustado de tener que usar un inodoro público, pasó otros diez minutos lavándose a fondo y re-lavándose las manos con agua y jabón. Cuando Pablo salió del baño notó que el pasillo estaba vacío. Él pensó que parecía espeluznante. Se apresuró a salir del edificio por la puerta de salida más cercana.

Pablo salió a un escenario diferente al que estaba acostumbrado. Siempre había salido del edificio desde la entrada principal que daba a la calle principal. La puerta que acababa de salir estaba frente a la parte posterior de la escuela. Él Vio una hilera de varios contenedores de basura gigantescos unos veinticinco metros por delante de él. Pablo definitivamente no quería tener que caminar más allá de ellos. Se volvió y trató de volver al edificio. La puerta estaba cerrada.

Pablo intentó una y otra vez volver al edificio. Golpeó fuertemente. Golpeó las puertas y las ventanas. Gritó por el custodio, pero nadie vino. Miró por la ventana de la parte superior de la puerta y no vio nada sino un pasillo vacío y espeluznante. Cuando los ojos de Pablo se apartaron de la ventana y volvieron a la desagradable fila de gigantescos contenedores de basura, se dio cuenta de que se estaba obscureciendo. Sabía que tenía que estar en casa antes de que oscureciera. Miró más allá de los botes de basura y pudo ver el estacionamiento de los maestros y una puerta de salida. Por desesperación, decidió pasar los más rápidamente posible por encima de los contenedores de basura, hacia el estacionamiento de los maestros y fuera de la puerta de salida que conducía a la calle detrás de la escuela.

Pablo empezó a correr. Corría cinco pies, diez pies, quince pies, veinte pies y veinticinco pies. Luego pasó el primer contenedor, luego el segundo compartimiento, luego el tercer cuarto y el quinto contenedores. Sabía que sólo tenía dos más contenedores para ir, por lo que corrió más rápido. Sólo le quedaba un cubo y, de repente, Pablo se cayó fuerte.

Pablo se preguntaba qué había pasado. Sentía dolor en todo su cuerpo. Se sentía mojado. Miró a su lado y vio que se había caído en un charco de leche podrida y otros líquidos asquerosos que se filtraban desde el último contenedor. Entonces oyó pasos. Levantó la vista y vio a Frank saliendo de entre el contenedor de basura de donde Pablo había caído anteriormente. Se volvió dolorosamente obvio que Frank había hecho tropezar a Pablo cuando estaba corriendo más allá de los contenedores.

-¿Qué te pasa, amigo? -preguntó Frank sarcásticamente. Apuesto a que pensabas que me había olvidado de ti -continuó-.

Entonces Frank ayudó a Pablo a levantarse. Pablo empezó a alejarse. Frank lo agarró por la cintura y lo levantó como si fuera una muñeca de trapo.

"¡Voy a hacer algo que tu papá nunca podría! ¡Te voy a curar de tu miedo a los gérmenes! "Dijo con alegría mientras levantaba a Pablo hacia el último contenedor.

Cuando se levantó, Pablo pudo ver que el último contenedor de basura tenía la tapa levantada. El horror llenó los ojos de Pablo cuando Frank lo levantó por encima y lo dejó caer en el contenedor. Luego cerró la tapa con fuerza. Pablo se sumergió en los olores asquerosos y en la oscuridad. Aturdido, Pablo podía oír el sonido de una cerradura que se colocaba en la papelera y se cerraba. Entonces oyó pasos que se alejaban.

Pablo empezó a gritar. "¡Déjame salir! Frank, déjame salir por favor! "Repitió una y otra vez.

Entre gritos, Pablo oyó a Frank riéndose con entusiasmo, de una manera casi demoníaca. Su risa se hizo más y más débil y luego, silencio. En la oscuridad Pablo imaginaba todo tipo de gérmenes y bichos arrastrándose sobre él. Empezó a sudar y vomitar. Trató de empujar la tapa, pero la cerradura le impedía moverse.

Pablo golpeó y gritó durante horas y horas, pero nadie lo oyó. Nadie vino a ayudarlo. Eventualmente, estaba exhausto. Su pequeño cuerpo no podía soportar el miedo, el disgusto y el dolor físico causado por su caída y las horas de golpear y gritar.

Pablo se desplomó en el montón de basura, un lado de su cara aterrizó en su propio vómito y se quedó dormido, demasiado agotado para preocuparse. Su último pensamiento antes de dormirse fue "La vida es tan injusta".

Pablo despertó al sonido de un ruido. Se dio cuenta de que alguien estaba moviendo el contenedor. Oyó un camión de basura que aceleraba su motor. Oyó el ruido de una cerradura. Entonces, de repente vio la luz. Pablo alcanzó la parte superior del contenedor de la basura y se levantó, sobre y sobre el suelo. Esto impresiono al empleado de la basura que había venido a deshacerse de los gigantescos contenedores.

Pablo corrió hacia el edificio. Cogió la manija de la puerta y la abrió. Corrió por el pasillo. Algunos estudiantes y un maestro estaban allí y miraron a Pablo extrañamente. Un maestro empezó a gritarle a Pablo.

"¡Detente! ¿Dónde has estado? "La policía estaba aquí buscándote. ¡Dijeron que te han estado buscando toda la noche! -gritó-.

Pablo simplemente lo ignoró y siguió corriendo por el pasillo. Mientras corría, miró el reloj y vio que era justo antes de las 8:00 AM. Se dio cuenta de que la escuela no había comenzado todavía.

Salió corriendo del edificio y hacia el patio de recreo como un hombre en una misión. Mientras corría sus ojos buscó en la multitud de estudiantes. Mientras corría, por todas partes corría, todo el mundo lo miraba con una mezcla de asombro y disgusto. La ropa de Pablo estaba cubierta de basura. Apestaba leche agria y la mitad de su cara estaba cubierta de vómito seco. Los espaguetis y la pasta de tomate colgaban de su cabello. A Pablo no le importaba que estuviera en una misión. Entonces oyó la voz de Frank.

-¡Mira al chico de la basura! ¿Disfrutaste de tu estancia con las ratas Carlton? -gritó Frank sarcásticamente, luego se rio con ganas.

Pablo volvió la cabeza hacia el lugar de donde salía la voz. Vio a Frank de pie con sus amigos. Él tenía una sonrisa en su rostro. Pablo le acusó. Sorprendido, Frank empezó a levantar las manos para defenderse, pero ya era demasiado tarde. Pablo saltó al aire a velocidad de un guerrero Ninja y pego en la mandíbula de Frank con un golpe de gancho.

Frank cayó al suelo y Pablo cayó encima de él. Pablo comenzó a llorar en la cara de Franks. Un puñetazo después de un puñetazo aterrizó sin respuesta. Entonces Pablo puso ambas manos alrededor de la garganta gorda de Frank y comenzó a apretar. Esto pareció revivir a Frank, que empezó a ahogarse y jadeando por el aire.

En cuestión de segundos aparecieron maestros. Empezaron a intentar separar la mano de Pablo de la garganta de Frank. Tomó cuatro maestros para lograr esto. Llevaron a Pablo a la oficina del director y llamaron a los paramédicos para Frank. Cuando todo fue resuelto, Pablo tuvo una suspensión de tres días de la escuela. Frank no fue suspendido por el hecho de que tenía una nariz rota, la mandíbula fracturada y laceraciones profundas en su garganta. A partir de entonces, fue Frank quien tuvo miedo de Pablo.

A pesar de su nuevo respeto entre sus compañeros, Pablo estaba profundamente marcado por la exposición a tantos gérmenes. No lo mostró exteriormente, pero todavía evitaba cualquier exposición potencial a los gérmenes. Pablo logro pasar a través de la escuela media y secundaria con calificaciones mediocres. Su padre no podía permitirse el lujo de enviarlo a la universidad y sus calificaciones no le dieron ninguna beca. La universidad no fue una opción para él.

Después de la secundaria, Pablo pasó de un trabajo de salario mínimo a otro. Cada vez que uno de sus jefes le decía que limpiara algo o hiciera algo que involucraba basura, se negaba y era despedido o renunciaba. Ser despedido y dejar de trabajar de un trabajo tras otro le hacía más difícil y difícil conseguir otro trabajo. Cuando los empleadores con la perspectiva de un nuevo trabajo llamaron a sus anteriores empleadores y daban malas referencias en lo que respectaba a Pablo. Pablo sentía que la vida le había dado un trato cruel.

Así como Pablo tuvo mala suerte con el trabajo, tuvo igualmente mala suerte con su vida amorosa. Cuando estaba en su adolescencia, las chicas por lo general sólo se preocupaban por cómo un chico se veía. La apariencia de Pablo era decente, así que tenía un poco de éxito con las chicas.

Una vez que Pablo tuvo 20, sin embargo, se volvió menos atractivo para las mujeres. Una vez que una mujer está en sus años veinte, que quiere más que sólo de como se ve. Quiere un tipo que traiga un ingreso estable y decente. Eso excluía a Pablo de las listas de deseos de la mayoría de las mujeres.

Después de unos años, Pablo conoció a Bertha en una fiesta. No era una mujer hermosa. Tenía un poco de sobrepeso y al caminar cojeaba.

Tenía la edad de Pablo y estaba buscando un marido. Tenía dos cosas a favor de ella, tenía una sonrisa que iluminaba la habitación y ella estaba interesada en Pablo.

Pablo y Bertha salieron durante varios meses. Bertha tenía una manera fácil de hablar y de ser. Era tranquila y amable y no juzgaba a nadie. Ella era fácil de hablar y de apoyo. Ella era cariñosa y apreciaba genuinamente cualquier cosa que Pablo hiciera por ella. Con cada cita, Pablo se interesó cada vez más.

Después de un año se casaron. Fue una boda pequeña, sólo la familia y algunos de los amigos de Bertha. Tenían una recepción sencilla con carne asada y uno de los amigos de Bertha trajo una máquina de Karaoke. A pesar de su bajo costo, fue el día más divertido que Pablo tuvo en su vida.

Al año la boda Bertha quedó embarazada. Nueve meses más tarde, la pareja amorosa tuvo un hermoso bebé. Lo nombraron Juan después del amado abuelo de Pablo. Pablo empezó a creer que la vida era buena. Él veía esperanza para el futuro. Quería lo mejor para su esposa e hijo. Pablo sabía que tenía que conseguir un trabajo estable que pagara más que el salario mínimo.

Era irónico, dado su miedo a los gérmenes, que Pablo terminara en la compañía de recolección de basura. No podía leer muy bien. Apenas podía escribir. Pero podía conducir. Cuando un amigo le contó acerca de la apertura en la compañía de basura se mostró escéptico al principio, pero una vez que observó cómo funcionaba el trabajo, que en realidad no tenía que tocar ninguna basura, cambió de opinión. Además, el trabajo pagaba dos dólares por hora más que el salario mínimo. Eso era más de lo que había hecho en los otros trabajos en los que trabajaba.

Pablo rápidamente se convirtió en un experto en el funcionamiento del brazo electrónico que levantó el contenedor de basura residencial. El brazo izaba los contenedores hasta la parte superior de su camión de basura y los sacudió, vaciando su contenido y depositándolos dentro de su camión. Rara vez tuvo que lidiar con la basura misma. Eso era bueno, porque para entonces Pablo no sólo temía a la basura, sino que ahora desarrollaba un profundo, casi paranoico, miedo de contraer una enfermedad al manejar la basura de otra gente.

Dentro de tres cheques de pago, Pablo compró seis overoles azul brillante, el uniforme de los conductores de basura en su empresa. Tenía un uniforme limpio para cada día de su semana laboral de seis días. Debido a su miedo a los gérmenes, Pablo agregó un par de cosas adicionales a su uniforme. Añadió una gorra de béisbol azul brillante sin un logotipo y un par de gafas de sol para proteger sus ojos de los gérmenes que vuelan en el aire y una máscara de gasa para la respiración para detener su respiración a los gérmenes. Durante unas semanas, él también uso guantes de protección, pero hicieron que sus manos sudaran demasiado y se convirtió muy incómodo de usar. También se dio cuenta de que no los necesitaba, ya que en realidad no tenía que tocar la basura.

Pasaron algunos años. Pablo se hizo conocido como un empleado confiable. Nunca llegó tarde. Nunca estuvo ausente. No tenía quejas de clientes contra él. No era realmente amigo de ninguno de sus compañeros de trabajo, pero era respetuoso con ellos y los que trabajaban con él lo consideraban un trabajador confiable. Pablo estaba feliz trabajando para la compañía de recolección de basura. Estaba especialmente contento de haber logrado evitar tener que tocar alguna basura.

Cada tres meses compraba otros uniformes, sombreros y gasa máscaras para la respiración se aseguraba que siempre tuviera un uniforme limpio y disponible. Bertha se lavaba los uniformes todos los domingos, pero el desgaste y el estrés de los lavados semanales hacían que se desgastaran con el tiempo. En lugar de tirar los uniformes, Pablo los lavó y luego los guardo a un armario listo para usar en caso de que alguna vez se quedara sin uniformes.

Después de cinco años que llevaba. El trabajo de Pablo estaba cada vez menos alegre. Aún llegaba a trabajar a tiempo. Rara vez estaba ausente. Él era, como siempre, cortés con sus clientes y compañeros de trabajo. Todas las apariencias eran que Pablo seguía siendo fiable, pero de hecho, Pablo estaba pasando por los cambios de humor. En lugar de sentirse emocionado de ir a trabajar todos los días, como era antes, Pablo temía ir a trabajar cada día.

A pesar de su temor, Pablo todavía era capaz de evitar tocar la basura. Él era todavía un experto en el funcionamiento del brazo electrónico que levantaba los contenedores de basura residenciales. Todavía se las arregló para evitar tratar con la basura real y cuando la basura se derramaba en el suelo, no la recogía como se suponía que debía hacer; la dejaba atrás y seguía conduciendo.

Él sabía que podría haber consecuencias por esto. Su abandono de la basura podría ser visto por un cliente o transeúnte y reportado a la compañía, pero a Pablo no le importaba. Su temor de tener una enfermedad por manejar basura era mayor que su miedo de estar en problemas con su jefe.

El trabajo de Pablo se convirtió en una rutina diaria aburrida. Su trabajo era el mismo que cuando empezó muchos años antes. Sus deberes de trabajo eran los mismos. Su ruta no había cambiado. Además de la rutina aburrida había un problema de pago. No sólo el trabajo de Pablo nunca había cambiado, ni tampoco su sueldo. Los dos dólares por encima del salario mínimo con los que comenzó se convirtieron en sólo un dólar por encima del salario mínimo unos años más tarde. Se convirtieron en salario mínimo unos años después de eso. Esto se debía a que, si bien su salario permaneció igual a lo largo de los años, las tasas de salario mínimo en su estado aumentaron.

Junto con el temor de Pablo por el trabajo y la disminución del poder adquisitivo, llegó el a verse de una negligencia general en sus uniformes. En lugar de comprar un uniforme nuevo cada tres meses, sólo podía darse el lujo de comprar un uniforme al año.

Comenzó a usar algunos de los 15 uniformes "jubilados" que tenía en el armario. Pablo no parecía tan fresco y limpio como antes, pero todavía se veía aceptable en ellos y todavía aguantaban un día de trabajo. A veces escuchaba a algunos de sus compañeros de trabajo hablando de sus "viejos" uniformes. Un día incluso vio el nombre "El Vagabundo Joe" escrito en lápiz con crayola en la puerta del lado del conductor de su camión de basura.

Pasaron varios meses. Las finanzas de Pablo no mejoraron. Cuando el salario mínimo aumentó en su estado, el costo de bienes y servicios también aumentó. El salario de Pablo era capaz de comprar cada vez menos. Vivía en un barrio decente con escuelas decentes, pero cada mes se hacía cada vez más difícil permanecer allí. Pablo y su familia estaban a sólo un aumento de alquiler para tener que trasladarse a una vivienda más barata en un barrio peor. Pablo sabía que, a pesar de su temor, no podía permitirse perder su trabajo y Bertha tampoco podía permitirse perder el suyo.

Un día, mientras atendía su ruta regular, una mujer se detuvo junto a su camión de basura y se estaciono. Ella bajó de su auto y le preguntó si él vaciaría toda la basura de su camión y buscaba a través de la basura por su anillo de bodas.

Ella dijo que era un símbolo del amor eterno de su marido para ella y que se le cayó accidentalmente. Pablo le dijo a la mujer que no podía hacer eso. Él le dijo que tenía una ruta para completar y que lo que ella quería que hiciera llevaría demasiado tiempo. Luego se alejó.

Alrededor de una media hora más tarde, Pablo recibió una llamada de su despachador diciéndole que regresara al patio de reciclaje de la empresa de inmediato. Él condujo allí inmediatamente. Cuando entró en el patio, su supervisor lo esperaba. Su supervisor dirigió a Pablo para conducir su camión hasta un lugar vacío y que vaciara el contenido de su camión sobre el pavimento. Pablo hizo lo que le ordenaron. Luego su supervisor le ordenó que se uniera a otros seis empleados en la búsqueda a través de la basura para un anillo de oro con un diamante en él.

Pablo le dijo a su supervisor que no quería arriesgar su salud a través de la basura. Señaló que podría haber gripe, hepatitis, o incluso el SIDA esperándolo en ese montón de basura. Su supervisor le dijo a Pablo que no le pedía que buscara por el montón de basura; le estaba ordenando que lo hiciera.

Su supervisor también le dijo a Pablo que si no hacía lo que le dijeron que sería despedido en el acto. Finalmente le dijo a Pablo que no tenía nada que temer porque tenía un par de guantes protectores para Pablo. Luego le entregó a Pablo unos guantes finos de plástico, los de los que usan los servidores de los restaurantes y le dijo que comenzara a buscar a través de la basura o fuera a la oficina y recoger su cheque de pago final.

El supervisor de Pablo sabía que Pablo necesitaba el trabajo. Sabía que Pablo no podía permitirse perderlo. Pablo tenía miedo de contraer una enfermedad, pero necesitaba el dinero que su trabajo le pagaba para ayudar a mantener a su esposa y su hijo. Con gran temor y miedo y recuerdos del episodio traumático con Frank en la escuela primaria, Pablo se puso el par de guantes baratos y comenzó a mirar a través de la basura. Lentamente y cuidadosamente recogió latas y cartones de leche. Buscó cautelosamente los alimentos podridos y abrió papeles. Después de haber estado haciendo esto durante media hora, Pablo vio un destello de debajo de una bandeja de las cenas de comidas rápidas de aluminio. Meticulosamente levantó una bandeja de aluminio de comidas rápidas que tenía un extremo encajado debajo de una cierta basura. Suavemente abrió la bandeja y vio que el brillo provenía del lado brillante de un trozo de papel de aluminio que reflejaba la luz del sol de la mañana. Mientras

Pablo seguía levantando las cajas, notó que algo le pinchaba la palma de la mano. Al levantar la bandeja del montón de basura, vio la sangre que fluía de un agujero en su guante inferior. Gritó y corrió al baño.

Pablo fue al lavabo del baño y encendió el agua caliente. Luego se quitó el guante ensangrentado y lo tiró en la papelera. Puso las dos manos bajo el grifo, se vertió en un montón de jabón y se lavó las manos vigorosamente. Él los lavó completamente una segunda vez apenas para ser seguro y para matar cualesquiera gérmenes o fluidos que podían todavía estar en la basura. Agarro un trozo gigantesco de toallas de papel y envolvió su herida con fuerza. Luego corrió a la oficina para conseguir vendajes.

El secretario de su supervisor le entregó una caja de vendajes, pero se negó a ayudarlo a ponerse porque no quería arriesgarse a contraer una enfermedad de origen sanguíneo. Pablo logró ponérselos. Luego regresó corriendo al lugar donde descargó su carga y le preguntó a su supervisor si alguien podía llevarlo al hospital. Su supervisor le dijo que todo el mundo estaba un poco ocupado buscando el anillo pero que estaba bien si Pablo se conducía al hospital. Pablo entró en su coche y empezó a alejarse. Cuando estaba a punto de salir a la calle oyó a alguien gritar: "¡Lo encontré! ¡Lo encontré!"

Cuando Pablo llegó al hospital, tuvo que sentarse en la sala de espera durante más de una hora. Su preocupación era palpable. Su cabeza se agitaba y se balanceaba de un lado a otro. Entonces empezó a caminar. Mientras tanto hablaba consigo mismo. Siguió hablando de lo absurdo que había sido recoger esa bandeja de comida rápida. Todos en la sala de espera podían sentir su ansiedad. Estaba poniendo a otros pacientes nerviosos. El ambiente en la sala de espera se tensó.

De repente, la puerta que conducía al consultorio del médico se abrió. Una enfermera de 400 libras con una mirada severa en su cara miró a Pablo y llamó a su nombre. La siguió tímidamente a una sala de espera justo al otro lado de la puerta. Permaneció sentado allí durante otros quince minutos.

Entonces el médico entró. El médico abrió el vendaje de Pablo y examinó la herida. Lo desinfectó con un poco de líquido que vertió sobre la mano de Pablo. Luego cosió en tres puntadas. Sacó algo de sangre del brazo de Pablo y le dijo a la enfermera que la hicieran examinar para detectar enfermedades transmitidas por la sangre. Finalmente, le dio a Pablo una nota diciendo que no podía volver a trabajar durante tres días para permitir que su mano sanara. Le dijo a Pablo que podía llamar después de diez días para obtener los resultados de su análisis de sangre. Luego envió a Pablo a casa.

Cuando Pablo llegó a casa llamó a su trabajo y pidió hablar con su supervisor. La secretaria de su supervisor le dijo que el supervisor estaba en el campo. Pablo le dijo a su secretaria del supervisor lo que pasó en el hospital. Le dijo que el doctor le había dado una nota para estar fuera durante tres días. La secretaria del Supervisor le dijo a Pablo que era un empleado confiable y no tenía nada de qué preocuparse. Dijo que lo vería en tres días.

Pablo pasó los tres días libres con su hijo de nueve años, Juan. Llevó a Juan a la playa. Llevó a Juan al zoológico. Incluso jugaron un poco de béisbol un día. Pablo amaba a Juan. Juan era su único hijo. Era brillante e inquisitivo. Parecía bastante inteligente y sabio de lo que le permitían sus años. Algunos de los manierismos de Juan le recordaban a Pablo de su querido abuelo.

Pablo lamentó que no pasara suficiente tiempo con Juan. Le encantaría pasar más tiempo con Juan, pero trabajaba seis días a la semana. A menudo, cuando regresaba del trabajo, estaba demasiado cansado para jugar con Juan. Los domingos, su familia iba a la iglesia. Después de la iglesia, Pablo y Bertha usualmente llevaban a Juan a un parque o museo.

A Juan no le importaba que su padre no tuviera mucho tiempo para pasar con él. Siempre disfrutaba los domingos juntos. A Juan le gustaba mucho ir a la iglesia. La Iglesia no hizo más que profundizar la fe de Juan en Dios. Le proporcionó una red social. Se hizo amigo de muchos de los niños de su iglesia. Incluso a veces iba a las excursiones de la iglesia.

Como Pablo, Bertha también trabajaba seis días a la semana. Trabajaba para un servicio de limpieza y limpiaba de dos a tres casas al día. A pesar de muchos años en el trabajo y una buena asistencia, ella sólo ganaba el salario mínimo. Aunque el trabajo era duro, ella estaba feliz de que ella estaba en buena salud. Bertha sabía que su familia necesitaba los ingresos de ella y de Pablo para mantenerse al día con el alquiler, la comida y otros gastos de subsistencia.

Bertha estuvo trabajando durante los tres días en que Pablo estuvo fuera del trabajo. Era bueno que ella estuviera trabajando porque el supervisor de Pablo le dijo que no le pagarían por los tres días que estuvo fuera del trabajo. Cuando Pablo explicó que no era culpa suya que se hubiera lesionado, por lo que debería recibir el pago, su supervisor le sugirió que le preguntara al médico que le dijo que tomara un tiempo libre para que él le pagara.

Al final de los tres días, Pablo volvió a trabajar. Se alegraba porque necesitaba el dinero que el trabajo le proporcionaba para ayudar a mantener a su familia. Estaba molesto porque no le pagaron por los tres días cubiertos por la nota del médico.

A sólo dos dólares por hora sobre el salario mínimo, se preguntó por qué tomó un trabajo tan arriesgado. La vida era tan injusta, pensó.

Pablo estaba preocupado por su análisis de sangre. Le preocupaba que pudiera haber atrapado algún tipo de enfermedad horrible por el corte que tuvo al pasar por la basura. Se enfocó en su trabajo durante la semana siguiente para evitar que su mente se preocupara.

Diez días después de hacerse el análisis de sangre, Pablo llamó al hospital. Su médico le dijo que los resultados de las pruebas sugirieron que podría tener una enfermedad, pero que tendría que venir y obtener otra prueba para saber con seguridad. Pablo fue al hospital ese día cuando salió del trabajo y volvió a tomar el análisis de sangre. Tuvo que esperar otros diez días antes de averiguar los resultados de esa prueba.

-¡Mucho trabajo, poquito dinero! -se decía a sí mismo mientras trabajaba con brazo electrónico en su camión de basura, levantando los botes de basura, hasta la cima, azotándolas y golpeándolas hasta que el contenido estuviera vacío. Día tras día, recogía los botes tras bote, como si su camión fuera una bestia gigantesca cuya hambre era tan grande, ninguna cantidad de botes de basura podría llenarla.

Un día, Pablo tuvo un pensamiento. Se preguntó si la dama que había perdido el anillo podría haber ofrecido una recompensa por encontrarlo. Si es así, él debía conseguir algo del dinero porque él ayudó a encontrarlo. Tal vez fue incluso lo suficientemente grande como para que le pagaran por los tres días de salarios perdidos que había perdido al buscar en la basura. Cuando regresó al patio, al final de su turno, preguntó a su supervisor si había una recompensa por devolver el anillo perdido.

Después de unos momentos de escuchar la respuesta de su supervisor, Pablo se dio cuenta de que bien pudo haber ido en línea y visitar un sitio web de chismes. Su supervisor le dijo que no sólo la dama no había ofrecido una recompensa por el anillo devuelto, sino que ella nunca le dijo a su marido que el anillo fue recuperado. Él dijo que ella estaba pasando en un divorcio y él piensa que ella quiso esconderlo para venderlo más adelante después que el divorcio fuera concluido.

Dijo que antes de devolverle el anillo, le preguntó a un amigo joyero sobre el valor del anillo y le dijeron que valía más de $ 100,000. También dijo que conocía a su peluquero y se enteró por ella, que la señora era una agente de bienes raíces y que estaba celebrando el cierre de fideicomiso en varias propiedades por lo que no sería considerado propiedad de la comunidad.

El supervisor de Pablo agregó que pensaba que la señora estaba haciendo esto para poder obtener el dinero después del divorcio y mantenerse alejada de su marido.

Mientras su supervisor estaba más que feliz de compartir el chisme con Pablo, Pablo se entristeció porque sabía que nunca vería el dinero que perdió durante los tres días que no trabajo. A medida que los días pasaban, Pablo seguía trabajando, quejándose de los tres días de salarios perdidos y preocupándose por los resultados de su análisis de sangre.

Después de diez días, el médico de Pablo llamó y le pidió que viniera para los resultados de la prueba. Pablo se presentó al consultorio al día siguiente, después del trabajo. El médico de Pablo le dijo que el primer análisis de sangre mostraba rastros de VIH pero no era concluyente. Dijo que la segunda prueba era clara. Pablo había contraído el VIH. El doctor explicó que el VIH es un virus asociado con el desarrollo del SIDA. Él explicó que para alguien que era rico y tenía dinero ilimitado, el SIDA era una enfermedad manejable que el paciente podría vivir como de 20 a 40 años. Para alguien como Pablo, que ganaba tan poco dinero, una vez que su VIH se convirtió en SIDA probablemente viviría de 2 a 5 años. Esto se debía a que la medicina necesaria para combatir el SIDA era muy cara. El seguro de salud de Pablo no cubría el costo del medicamento. Le dijo a Pablo que si se cuidaba bien, comía bien, hacía ejercicio, dormía mucho y evitaba las drogas y el alcohol, podría pasar cinco años antes de desarrollar el SIDA. Después de oír esta noticia, Pablo pudo haber cuidado de sí mismo. Pudo haber comido sólo alimentos saludables, ejercitado regularmente y evitar el alcohol como su médico le dijo. Podría haberle dicho a su supervisor lo que había ocurrido y tal vez la compañía podría haber pagado por la costosa medicina o creado un fondo para la universidad de Juan. Él no hizo ninguna de esas cosas.

En cambio, Pablo se centró en lo injusta que era la vida. Se volvió amargo y paranoico. No le dijo a su jefe que tenía VIH porque tenía miedo de ser despedido. Se puso en contacto con varios abogados diferentes para ver si lo ayudarían a demandar a la empresa. Todos le dijeron que no tomarían su caso por menos de

$ 10,000 por adelantado. Juan no tenía un extra de $ 10, mucho menos $ 10,000.

Puesto que no podía demandar a la compañía por ponerle en la posición que le hizo contraer el VIH, él tomó su enojo y frustración hacia la compañía, su camión, sus compañeros de trabajo y sus clientes, todas las ocasiones que él tenía la oportunidad. Él comenzó a beber alcohol cada noche después del trabajo en lugar de sólo en ocasiones especiales. Dejó de comer regularmente. Al cabo de seis meses, su VIH progresó en el pleno desarrollo del SIDA.

Pablo seguía bebiendo. Después de otros dos meses, comenzó a beber en el trabajo. El estrés, el consumo de alcohol y el sistema inmunológico le causaron pequeños accidentes con su camión. El golpeaba el coche de alguien cuando el bajaba el brazo electrónico de su camión de basura. Atropellaba un gato o un perro cuando su camión cuando iba por una calle residencial a altas velocidades. Siempre se seguía, como si los accidentes nunca hubieran ocurrido. La gente comenzó a llamar a su compañía y se quejaba de un camión que estaba haciendo todas estas cosas.

El supervisor de Pablo sabía por las calles que las llamadas de quejas provenían del camión que conducía Pablo. Llamó a Pablo a su oficina al final de su turno un día. Le dio a Pablo una advertencia por escrito y le dijo que la próxima vez que se quejaran de Pablo, Pablo sería despedido.

Una semana después, Pablo estaba conduciendo por una calle y dobló una esquina con demasiada brusquedad. Golpeo tres autos estacionados. Temiendo que fuera despedido, se aceleró y continuó. Alguien que vio lo que pasó llamó a la compañía de basura y les dio el número de serie del camión de Pablo. Cuando llegó al patio al final de su turno, Pablo fue despedido.

Cuando Pablo perdió su trabajo, su familia tuvo que mudarse a un barrio más barato. Los edificios de apartamentos estaban deteriorados. Algunos de ellos fueron abandonados y maltratados. Las personas sin hogar dormían en la calle y los traficantes de drogas y matones frecuentaban las esquinas. Le dolió a Pablo saber que tenía que mover a su familia, pero no tenía otra opción, que estaba demasiado enfermo para seguir trabajando.

Cuando Pablo perdió su trabajo también perdió su seguro de salud. Tenía que inscribirse en un seguro de salud pública. Cada vez que iba al hospital tenía que esperar todo el día para ver a un médico. Los doctores que vio no hicieron nada más que decirle que comiera sano, evitar el alcohol y el ejercicio. También le prescribieron píldoras para el dolor. Después de unas pocas visitas, Pablo dejó de ir al hospital.

Pablo estaba sentado bebiendo cerveza todo el día y toda la noche. Se sentía como un fracasado. Cada vez que pensaba en Bertha se preocupaba. Se preguntó cómo iba a ser capaz de sostenerse a sí misma y a Juan después de que él se fuera. Cada vez que pensaba en Juan, lloraba. Siguió bebiendo y se enfermó cada vez más. Nunca le dijo a su esposa o hijo que tenía VIH, y mucho menos SIDA.

Bertha se preguntó qué le pasaba a Pablo. Bertha le insistía para que dejara de beber y buscara otro trabajo. Le dijo que estaba poniendo un mal ejemplo para Juan. Pablo y Bertha discutían constantemente. Ellos gritaban y gritaban el uno al otro a todas horas del día y de la noche. Las tensiones en la casa eran muchas.

Juan estaba asustado y confundido. No sabía qué le pasaba a su padre. No sabía por qué sus padres discutían tanto. Sólo sabía que no le gustaba. Ponía sus manos sobre sus oídos cada vez que sus padres se metían en una discusión. Pasó mucho tiempo con las manos sobre las orejas.

Juan no sabía cómo preguntar a sus padres por qué estaban discutiendo. Se sentía tan absorto en sus propias batallas que se habían olvidado de él. Sabía que lo amaban. Sentía que ya no podía hablar con ellos. El único consuelo de Juan era la oración. Pasó mucho tiempo orando a Dios para que ayudara a su familia.

Pablo y Bertha continuaron discutiendo. Los argumentos se volvieron más intensos. Una vez, Pablo casi golpeó a Bertha, pero se detuvo. Después de eso, el argumento se detuvo. No se detuvo porque la pareja se había reconciliado. Se detuvo porque Bertha dejó a Pablo y ya no habló con él. Pablo siguió bebiendo y empezó a hablar consigo mismo.

Entonces, un día Bertha se fue a trabajar y encontró un aviso de desalojo pegado en la puerta de su apartamento. Dijo que su familia tenía tres días para mudarse.

Bertha no fue a trabajar ese día. Quería sentarse y llorar, pero no podía porque toda su familia dependía de sus acciones en ese momento. Llamó a su jefe y le dijo que estaba enferma y que no podía venir ese día. Luego, Bertha se dirigió a la tienda de licores a media milla de distancia y cogió un periódico.

Iba a conducir a casa y abrir el periódico, pero algo dentro le dictó que no perdiera un tiempo precioso. Se paró justo afuera de la tienda de licores y abrió el periódico a la sección de anuncios. Cuando empezó a mirar las páginas de los apartamentos en alquiler, un hombre pasó y la golpeó.

El periódico cayó al suelo. Una ráfaga de viento pasó soplando una de las páginas a pocos metros de distancia, aterrizando al lado de un coche de policía. El policía echó un vistazo a Bertha justo cuando la página del periódico se alejaba. Bertha entró en pánico. Estaba segura de que el policía iba a darle una multa por tirar basura. Recogió el periódico con la mano izquierda y alcanzo la página que aterrizó junto al coche de la policía. Bertha se agachó y agarró la página que se escapó con su mano derecha.

Como ella lo tuvo, ella notó un anuncio en particular con las palabras de **su nuevo hogar** impreso audazmente como título.

Bertha leyó el anuncio. Era para un pequeño apartamento a sólo una milla de su otra dirección. Se estaba alquilando por la mitad del costo que estaba luchando para pagar en su apartamento actual. Aunque el apartamento era más pequeño que ellos estaban actualmente, estaba en el mismo barrio, lo que permitiría a Juan quedarse en la misma excelente escuela. Bertha quería ese apartamento. Ella llamó al número que aparecía en el anuncio y habló con el propietario. Le dijo a Bertha que había otras tres personas interesadas en el apartamento. Dijo que alquilaría el apartamento a quien entregara el primer y último mes de renta y depósito de seguridad a él primero.

Bertha busco entre sus finanzas. Busco el tarro de galletas donde escondía su fondo de emergencia de Pablo. Irrumpió a través de su bolso y busco en los cajones por cambios. Ella todavía estaba $ 344.37 por debajo del dinero que necesitaba para rentar el apartamento! Llamó a su primo y le preguntó si podía prestarle a Bertha el resto.

Su primo dijo que sí. Bertha condujo para recoger el resto del dinero de su primo y luego se dirigió al propietario del pequeño apartamento y pagó todo lo que necesitaba para entrar en el apartamento.

Al día siguiente, el marido de su prima y algunos amigos vinieron en camionetas y la ayudaron a salir del viejo apartamento y entrar en el nuevo, más pequeño. Pablo se sentó en el sofá bebiendo todo el tiempo, hasta que los hombres realmente movieron el sofá a una camioneta. Entonces Pablo se metió en su coche y siguió la caravana al nuevo apartamento. Pablo no había visto el apartamento antes de llegar con la caravana. Era mucho más pequeño. No tenía ninguna habitación, sólo una sala de estar, una cocina y un baño. A Pablo no le gustaba el nuevo apartamento, pero no tenía voz en el asunto, dependía completamente de Bertha. Tan pronto como todo se movió en Pablo fue a la nevera, tomó una cerveza y se sentó en el sofá y lloró.

Una mañana, una semana después de que se mudaron, Pablo se despertó con un terrible dolor de cabeza. Había bebido hasta tarde. Estaba pensando en lo injusta que era la vida. Ahora, además de toda la mierda que le había sucedido, tuvo que lidiar con la resaca del infierno. Decidió tomarse un par de latas de cerveza. Se dirigió a la nevera como un zombi. Abrió la nevera. No había cerveza.

Apenas logró mantenerse en pie, Pablo entró en el modo de pánico. El pánico le dio una inyección de adrenalina que le permitió entrar en la sala de espera para buscar algún cambio suelto. Encontró 39 centavos debajo de los cojines del sofá y otros 75 centavos en la mesa de centro. Se tambaleó hacia las 18 cajas de cosas del viejo apartamento que aún no habían sido desempacadas. Las sacudió furiosamente esperando escuchar el inconfundible sonido de un cambio suelto que podría llegar a costar un par de latas de cerveza. ¡Él no oyó el tintineo metálico del cambio en ninguno de ellos!

Con cólera y frustración en su rostro, Pablo se tambaleó hacia la cocina. Empezó a buscar por un cajón. Hacia el fondo del cajón, encontró cuatro billetes de un dólar cuidadosamente doblados. Debe haber sido el nuevo fondo de emergencia de Bertha. Pablo sintió una flema subiendo.

Arrancó una toalla de papel, la tosió vigorosamente y la arrojó a la papelera. Luego sacó las llaves de la mesa de la cocina, se tambaleó por la puerta de su coche, entró y encendió la unidad y manejo ½ milla a la tienda de licores.

Mientras se alejaba, no estaba pensando en esa toalla de papel en la que había tosido pero debería haberlo hecho. Esa toalla de papel estaba cubierta de sangre. Mientras Pablo bajaba por la calle, pensó en la situación que le llevó a contraer el VIH. Pensó en las personas involucradas en él. Pensó en el inmobiliario intrigante que ocultó la recuperación del anillo de su esposo, su supervisor, quien le ordenó buscar en la basura de su camión para encontrar el anillo y los abogados que no le ayudarían a conseguir Justicia no sólo para él, sino también para su esposa e hijo. Todo era tan injusto. La vida era tan injusta.

Entonces Pablo volvió a toser. Esta vez más violentamente. Entonces comenzó a toser violentamente. La tos hacía que su cabeza se sacudiera violentamente con cada tos. En una de las toses, Pablo pensó que había visto algo por el rabillo del ojo izquierdo mientras su cabeza se sacudía hacia abajo. Sintió un golpe y oyó un ruido sordo.

Cuando su coche siguió adelante, Pablo se acercó a toser en su mano y vio el cuerpo de una mujer presionado contra su parabrisas. Él miró su mano. Estaba cubierta de sangre. Mientras su coche seguía rodando por la calle, la visión de Pablo se hizo borrosa y su pensamiento se volvió borroso. Mientras conducía una señal de alto, su viejo camión de basura, con otro hombre que lo conducía, atravesó la intersección, como si estuviera tomando venganza contra el ex conductor que abusó de él los últimos meses que trabajó para la compañía. El camión de basura golpeo el coche de Pablo.

La fuerza del impacto hizo girar el maltrecho casco del coche de Pablo, arrojando a la mujer y depositándola en el césped de una casa de la calle antes de parar como si nada hubiera pasado. Pablo, en un profundo dolor, trató de respirar, pero sus pulmones fueron aplastados y destrozados. Su último pensamiento fue: "La vida es tan injusta".

Los primeros momentos preciosos de la muerte cuando el alma de Pablo empezó a abandonar su cuerpo, su vida brilló ante él. Su alma fue testigo de acontecimientos clave en su vida. Vio su nacimiento. Se vio sentado en el banco de la iglesia, vio a su amado abuelo hablando de Karma.

Entonces vio cómo seguía tratando de aprender en la escuela a pesar de su soledad y aislamiento. Revivió el incidente traumático con el intimidador que conocía como Frank y vio cómo Frank se había sido traumatizado antes de convertirse en un matón. Vio cómo sus acciones traumatizaron aún más a Frank y cómo Karma, a través de su consejero escolar, intervino para impedir que Pablo fuera enviado a la cárcel juvenil por su ataque contra Frank.

Entonces, la reseña de la vida pasó a su falta de éxito con las mujeres de veintitantos años y cómo Karma envió a Bertha a su vida, a través de un primo que la convenció de ir a la fiesta donde ella y Pablo se encontraron. Vio el nacimiento de su hijo y preciosos recuerdos que Juan tuvo en su vida que Pablo estaba demasiado ocupado trabajando para estar presente. Vio cómo Karma le mostró al amigo de Pablo el trabajo de apertura en la compañía de basura justo antes de reunirse con Pablo.

Entonces Pablo vio cómo su actitud hacia la vida después de tener el VIH, tuvo un efecto directo en la calidad y duración de su vida. Vio los errores que cometió y los momentos que escogió la cerveza en vez de la comida y la autocompasión de construir momentos inolvidables con Bertha y Juan. Vio cómo su conducta alejaba a Bertha y cómo sus mutuos argumentos entristecían a Juan dejándolo frustrado y confundido.

Vio cómo Karma causó que el dueño de su nuevo apartamento lo pusiera en el mercado y lo colocara en el anuncio del día anterior y, cómo, por capricho, decidió poner en letras negritas su título **Su Nuevo Hogar**. Vio cómo Karma hacía que un hombre tropezara con Bertha y cómo el policía del coche de la escuadra encontró el único lugar de estacionamiento disponible en cinco bloques a unos diez pies de la tienda de licores donde Bertha había comprado el periódico.

Entonces el alma de Pablo vio a su abuelo. Entonces vio a su padre y a su madre. Vio a otros parientes que habían muerto. Incluso vio un gato callejero que solía alimentar cuando era niño. Todo el mundo estaba esperando que se uniera a ellos. Mientras caminaba hacia ellos, su alma se dio cuenta de que todo estaría bien.

La lluvia goteaba ligeramente por la calle como las diminutas lágrimas en el corazón de Juan cuando llegó para colocar una cruz en el lugar donde su padre había muerto el día anterior. El coche se había ido. Había sólo algunos pedazos de escombros. Juan se acercó al césped y comenzó a rascarse la tierra tratando de crear un espacio para colocar y enterrar la base de una pequeña cruz para que el alma de su padre pudiera descansar en paz. Mientras empujaba un poco de tierra en la base de la cruz, sintió algo entre sus dedos. Lo levantó y vio lo que parecía una bala. Tras una inspección más cercana, se dio cuenta de que la carcasa

parecía estar hecha de oro y el proyectil parecía
estar hecho de un diamante.

En esta mañana llovizna, Juan no sabía, ni Pablo, la víspera, que Karma suavemente y misericordiosamente ejerció su influencia sobre la vida de Pablo una última vez en sus últimos momentos. La mujer que Pablo golpeó fue la misma mujer que perdió el anillo que Pablo había buscado y había contraído su enfermedad tratando de encontrarlo. Ella estaba dejando una propiedad en la que estaba cerrando el fideicomiso y cruzando la calle hasta su coche cuando el coche de Pablo la golpeó. Ella tenía el anillo derretido colgado en la forma de una bala con el diamante como su proyectil y tenía un agujero bastante grande para usarlo en una cadena, perforada en la base de la cubierta. Llevaba la bala de 100,000 dólares como un collar.

Después de ser golpeada y aventada sobre el parabrisas de Pablo, se aferró a la bala mientras empezaba a perder el conocimiento. Cuando el camión de la basura se estrelló contra el coche de Pablo, la mujer fue arrojada desde el coche teniendo la bala todavía en su puño, pero cuando aterrizó, su cuello golpeó el parabrisas y al romperse fue cuando su mano soltó la bala, que aterrizó bajo un montón de hierba, Ocultos fuera de la vista de los primeros inspectores, del forense y de los agentes que pisotearon la escena del accidente.

Pocos días después, después de que la familia tuviera el cuerpo de Pablo incinerado y sus cenizas fueron dispersadas, Bertha recibió un pequeño paquete. Lo dejaron justo al lado de la puerta de su pequeño apartamento. No había sello ni dirección de devolución. Lo abrió y encontró una nota que decía: "Si algo me sucediera, le pedí a un amigo mío que te enviara esta herencia familiar. Amor por siempre, Pablo. Dentro de la caja estaba la bala de oro y diamante. Las lágrimas brotaron en los ojos de Bertha. Ella lloró y se lamentó. Recordó un tiempo antes de los pleitos de la enfermedad y el alcoholismo crónico cuando Pablo era un marido amoroso. Siguió llorando durante algún tiempo. Estaba tan sobrecogida de emoción que no notó que la nota estaba en la letra de Juan.

Extractos de otros libros de Loveforce Internacionale

Para El Valor De una semana de ficcion #1 (4 en serie) Por Mark Wilkins

El Viejo

Kallah había oído hablar por primera vez del Paseo con el Ritual de los Antepasados cuando era un niño. Su bisabuelo le había dicho a Kallah que pronto tomaría ese paseo. Unas semanas más tarde, cuando el abuelo de Kallah había cumplido 60 años, se puso unos buenos pantalones de piel animal, una camisa, una chamarra abrigadora y una mochila con algo de comida. Se despidió de su familia y de los demás de la tribu y entró en el Gran Bosque. Nunca lo volvieron a ver.

El padre de Kallah explicó que el Paseo con los Ancestros era un ritual y era una parte necesaria del círculo de la vida. Explicó que su tribu vivía en un claro en medio del Gran Bosque y que ese claro tenía espacio limitado. Con el fin de dar cabida a los fuertes y saludables, los viejos deben dejar a la tribu en su 60 cumpleaños. Deben caminar hacia el Oeste hacia el Gran Bosque hasta encontrar a sus antepasados en el gran más allá donde ninguna persona viviente había ido nunca.

Con el paso de los años, Kallah creció fuerte. Se convirtió en un gran cazador y pescador. También era un gran guerrero. Había derribado a muchos ciervos y enemigos en combate. Había combatido con un gato montañés y no llevaba más que un cuchillo. Ganó en ambas ocasiones y sus

músculos ondulados tuvieron las cicatrices como
para recordarle estas batallas por su supervivencia.

Kallah había estado en la parte oriental del Gran
Bosque. Vio a otra tribu que vivía en un claro a tres
días de su tribu. Había estado en la parte occidental
del Gran Bosque donde la caza y la pesca eran
buenas. Pero nunca se había aventurado en él más
de una semana de viaje. De vez en cuando, los
huesos de alguien de su tribu. A veces sólo se
derrumbaban en el camino. Otras veces estaban los
restos apoyados contra un árbol. A veces reconocía
quién era por los restos de ropa que había cerca o
que aún colgaban de los huesos.

A través de los años Kallah había aparecido ante los Ancianos en el Consejo Tribal para pedirles que terminaran el ritual de obligar a los miembros de la tribu a tomar una caminata con los Ancestros en su 60 cumpleaños. A veces pidió excepciones en el caso de personas a las que se preocupaba. Otras veces pidió el fin de la práctica completamente. El Consejo Tribal escuchaba cortésmente, pero siempre daba la misma respuesta, No. Uno por uno, Kallah vio a sus abuelos, madre y padre tomar el paseo, para no volver a ser vistos.

Con el tiempo, Kallah también cumplió 60 años. El día anterior había comparecido ante los Ancianos en el Consejo Tribal para pedir que se hiciera una excepción. Argumentó que todavía estaba sano y fuerte. Los miembros del Consejo Tribal escucharon atentamente pero una vez más dijeron que no. Kallah pensó que era irónico que los Ancianos Tribales fueran todos más jóvenes que él. Sabía que podía matar a cualquiera de ellos en una batalla de uno a uno, pero no podía matar a toda su tribu. Así que a la mañana siguiente, Kallah se levantó al amanecer y comenzó su Caminata con los Antepasados.

Kallah caminó durante tres días. Estaba cansado pero no demasiado cansado para continuar. Se detuvo un día. Mató a un venado y comió bien, y secó algo de la carne sobre el fuego tipo campamento. Lo puso en el saco de provisiones. Después de dos días comenzó a caminar de nuevo. Pasó por todos los lugares a donde hubiera ido con los grupos de casería. Cazaba, pescaba y comía bien.

A mediados de la segunda semana, Kallah estaba más allá de donde iba con los grupos de caza. Estaba en una parte del Gran Bosque a la que nunca había estado. No sabía dónde estaban los buenos lugares de caza y pesca. La carne de ciervo seca que él había hecho y guardada en su mochila lo sostenía durante este tiempo. Encontró un pequeño claro. El juego era abundante y una pequeña corriente abastecía de agua. Se quedó allí por tres meses.

Pero entonces el juego era menos abundante. Las señales en el cielo le decían que el invierno se acercaba. Kallah sabía que no iba a durar el invierno allí. Kallah mató a un ciervo. Secó casi toda la carne. Secó la piel del animal e hizo una bolsa grande. Utilizó su hueso y nervio para coser la bolsa de piel animal cerrada. Hizo cuerda de vides. Puso toda la carne de ciervo seca dentro de la bolsa. Decidió que iba a caminar hasta el final del Gran Bosque. Arrastró la bolsa llena de carne de ciervo seca detrás de él para sostenerlo en su viaje.

Kallah caminó durante tres semanas. Luego, una tarde, vio luces a lo lejos. A la mañana siguiente caminó hacia el lugar donde había visto las luces. A media tarde se encontró con un campamento. Había 3.000 personas viviendo allí. Muchas de las personas eran más jóvenes que él, pero unos pocos eran mayores. Al entrar en su campamento, lo miraron extrañamente. Su lengua era diferente a la suya, pero era capaz de comunicarse con ellos haciendo gestos con las manos y dibujando imágenes en la tierra. Le dijeron que nunca habían visto a nadie de otra tribu.

La tribu lo invitó a quedarse. Después de un par de semanas se encontró con que sabían menos que las personas de su tribu. Terminó enseñándoles muchas cosas nuevas. Con el tiempo, le pidieron que fuera su líder. Con el paso de los años, la tribu creció fuerte bajo el liderazgo de Kalah. Aunque creció, no se debilitó. Era sabio y todavía fuerte. En su sexto año como líder Kallah notó luces en el cielo nocturno. Había humo colgando en el aire durante el día. Entonces la gente empezó a aparecer fuera del Gran Bosque. Llevaban ropa familiar. Eran de su antigua tribu. Los primeros en aparecer eran hombres de veintitantos años. Le pidieron a algunas de las tribus de Kallah que las llevaran al líder tribal. Ellos los llevaron a Kallah.

Los hombres no reconocieron a Kallah. Pidieron que se les permitiera ser incluidos en la tribu. . Dijeron que un incendio en la parte del Gran Bosquet donde vivían, había matado a casi 100 de su tribu. Kallah les dijo que podían ser incluidos en su tribu si seguían las reglas tribales. Los hombres estuvieron de acuerdo.

Cuando la gente de la tribu empezó a salir del Gran Bosque, algunos de los mayores reconocieron a Kallah. Era una prueba viviente de que su ritual de enviar a sus mayores a morir en el Paseo con los Antepasados era un error. Se tomaron consuelo sabiendo que no tendrían que tomar ese paseo aquí.

Único

Una canción de Mark Wilkins
VERSO 1

Un hombre ve las cosas bajo una luz diferente
Y tiene que luchar por lo que él cree
¿Está mal por no querer pertenecer?
O es un verdadero error
¿La forma en que otros lo tratan?

PUENTE

A través de las ideas cambiamos
Y encontramos una mejor manera
Si nadie estaba dispuesto a probar algo nuevo
¿Dónde estaríamos hoy?

CORO
Así es el hombre
Extraño, extraño, diferente
¿O es el único?
(repetir)

VERSO 2

Una mujer sensual se convierte en una dama
liberada
Y vuelve loco a los hombres porque ella no se
calma
La vida es más importante que los niños y las tareas
domésticas
Ahora que su pie está en la puerta, una carrera es lo
que ha encontrado
(repita el coro, cambia al hombre a la dama)

Líneas de vida

Comenzó con una pregunta. ¿Qué pasa si la gente sólo viviera lo que las líneas de la palma de su mano lo indicaran? Esta fue la pregunta Hiram Bosworth intentó responder en su tesis doctoral. Un estudiante de medicina y aficionado a la parapsicología, Hiram, o Ram para sus amigos, no habían llegado con esta pregunta a la ligera. Le había dado vueltas en el interior de su mente durante años. Se acordó de cuando se encontró por primera vez con la idea de que las líneas de vida predijeran a uno la esperanza de vida. Tenía nueve años de edad cuando su madre y su tía fueron con una persona que leía la mano. La lectora de mano se negó a leer la mano de mi tía. Ella se le quedo viendo a ella y se negó rotundamente. Al día siguiente, su tía estaba muerta, una embolia explotó su cerebro. Ella le dijo a su marido que tenía un fuerte dolor de cabeza. El se dirigió al botiquín del baño para conseguir una aspirina y cuando regresó, momentos después, ella estaba muerta.

Unos días más tarde, un sábado, Ram dijo a su madre que iba al parque y en vez se fue en su bicicleta a cuatro millas a la casa donde vivía la persona que leía la mano. Llamó a la puerta y cuando ella contestó preguntó si ella lo recordaba. Cuando ella indicó que si, él le preguntó por qué se negó a leer la mano de su tía. Ella le dijo que vio que la línea de vida había llegado a su fin.

Cuando tenía dieciséis años, Ram pasó por un cuerpo que estaba muerto en una escena de crimen. El cuerpo yacía boca abajo y aunque una sabana estaba cubriéndole todo el cuerpo, la mano derecha sobresalía de la sabana y su palma estaba hacia arriba. Se pudo ver que la línea de vida de la mano del cadáver era corta. Mientras miraba la mano, una repentina ráfaga de viento pasó junto y movió de un tirón abriendo la parte de la sábana que cubría su cabeza. Él reconoció el cadáver. Era un gángster de 19 años que vio aprovechándose de otros niños fuera de su escuela secundaria. Su ojo derecho había volado al igual que la parte posterior de la cabeza. Cuando estaba en sus veintes, como estudiante de primer año de medicina, se internó en el hospital de la comunidad local. Comenzó a mirar las palmas de las personas que murieron en el hospital. Empezó a notar que las líneas de vida de los viejos eran largas y las líneas de vida de los niños y adolescentes eran cortas. Una vez, incluso vio a un bebé que había muerto al nacer. Su pequeña palma no tenía línea de vida en absoluto.

Después de varios años de internado en el hospital fue capaz de calibrar la longitud de la línea de vida a la edad aproximada del fallecido. Él sabía lo que significaba el tamaño de una muerte en uno de veinte, treinta, cuarenta y cincuenta. En ese momento estaba listo para escribir su tesis doctoral, y tenía que compartirlo con la ciencia. Podía mirar la mano del cadáver y, sin mirar el cuerpo, sabía exactamente qué edad tenia la persona cuando murió.

Cuando había escrito la mitad de su tesis, se preguntó si podía usar las líneas de vida de las personas que vivían y de predecir cuándo iban a morir. Comenzó a mirar los pacientes en su barrio. Empezó a predecir si, si o si no se podrían mejorar. Reunió las pruebas y encontró que en la mayoría de los casos fue preciso, pero no siempre. El llego a ser lo bastante preciso que podía hacer dinero haciendo apuestas con otros miembros del personal del hospital. $ 20.00 por aquí, $ 60.00 por halla, en una ocasión un billete de cien dólares. El dinero se añadió y agrando, gano grandes cantidades y fue para pagar sus facturas de la escuela de medicina, pero había un inconveniente.

La emoción del juego de líneas de vida lo consumía. Hacia apuestas con empleados en cada oportunidad que tenia. La mayoría de las veces ganaba. A veces perdía. Fue el elemento por azar que atrajo a otras personas a apostar en contra de él y fue el elemento de azar que hizo que las apuestas sobre las líneas de vida se hicieron una adicción para él. Con el tiempo, Ram dejó por un lapso sus estudios. Estropeó un par de cirugías. Todo esto lo detecto el administrador del hospital. En el momento en que terminó su tesis doctoral, fue expulsado del programa de doctorado por apostar en el trabajo. Él sabía que el Colegio Médico de Estado nunca le emitiría una licencia médica.

La desilusión llevó a Ram a la bebida. Sus préstamos estudiantiles desaparecieron en unas pocas semanas y fue desalojado del pequeño apartamento que alquilaba. Estar sin donde vivir hizo que parara la bebida rápidamente. Utilizó sus habilidades médicas para atender a enfermos y heridos en un callejón detrás de una sala de cine. Ahorró dinero y dentro de un mes fue capaz de vivir en un hotel residencial cerca de los barrios bajos.

Sabiendo que sólo sería cuestión de tiempo antes de ser capturado por practicar la medicina sin licencia, Ram se alejo de eso y se registro con una agencia de empleo. Ram tenía habilidades como mecanógrafo y podía hacer con rapidez y precisión. Estuvo en varios puestos de trabajo en las compañías de seguros, empresas de arquitectura, oficinas de abogados y oficinas médicas.

Alrededor de un año después de que comenzara un trabajo temporal, trabajó en una editorial. A él le gustaba trabajar allí. Un día, uno de sus jefes le preguntó si podía corregir y leer una historia de prueba que estaban pensando incluir en aproximo editorial que estaban a punto de publicar. Cuando terminó la historia y la corrección de pruebas, le preguntaron si podía leer la prueba de otras cosas. Él les dijo que si podía. Le ofrecieron un trabajo de tiempo completo como corrector de pruebas con un aumento sustancial de sueldo. No pasó mucho tiempo antes de Ram se trasladara fuera del hotel residencial a un apartamento de tamaño decente.

Varios meses más tarde, Ram tuvo una idea. La tesis que escribió podría hacer un libro comercializable. Al cabo de unos días, tuvo el valor de preguntarle a su jefe que la leyera y ver si él pensaba que podría ser algo que les gustaría publicar. Su jefe se la devolvió una semana más tarde. Le dijo a Ram que en su forma actual no era comercializable pero si la cambiaba y la hacia en una forma interesante para la población en general que podría ser algo que su empresa iba a publicar. Ram fue a casa esa noche y comenzó a trabajar en la conversión de la tesis en un libro que pudiera tener un atractivo popular. En primer lugar, cambio toda la terminología médica y el lenguaje académico. A continuación, le quitó las gráficas estadísticas y los cuadros gráficos. Finalmente usó un lenguaje sensacionalista e hizo un montón de afirmaciones exageradas. Sólo necesitaba para llegar a un título que impactara. Entonces le llego. "¿Cómo tu línea de vida en tu mano te puede decir cuánto tiempo vivirás?

Una semana después de que su jefe le dijo qué hacer Ram llevó el manuscrito terminado a su oficina. Su jefe lo firmó un contrato de edición ese mismo día. Con su jefe, el vicepresidente ejecutivo de la compañía detrás de él, "¿Cómo su línea de vida le puede decir cuánto tiempo vivirás?". Estaba en las tiendas dentro de un mes. Ram estaba haciendo programas de entrevistas y firmas de libros dentro de una semana de eso. A finales del año, el libro fue un éxito de ventas.

Hiran "Ram" Bosworth se convirtió en el favorito en los círculos de programas de platicas en vivo. Su historia de tenerlo todo a perderlo todo fue un éxito a través del auto reinvención emociono al publico. Su rápido ingenio y su encanto congraciaron a los presentadores de televisión y reporteros del todo el país. El concepto detrás de su libro hizo que personas en todo el mundo se preguntaran si realmente era posible, había Ram realmente dado con un secreto de vida, ¿había el descubierto un misterio que había estado plagando la humanidad desde los albores de su existencia?

Ram se convirtió en el gurú de personas en busca de respuestas. La gente en la calle le preguntaba su opinión sobre que acciones comprar, buscaban su consejo sobre asuntos personales y sus vidas amorosas. Tam siempre dispuesto a ser el centro de atención daba su consejo y asesoramiento libremente. Ram había alcanzado el pináculo de su existencia. Su disertación fue apreciada recalibrada, su vida amorosa estaba en flor, sus finanzas estaban creciendo de manera constante y su fama estaba en pleno eclipse. Una noche que conducía a casa después de una entrevista de un programa en vivo. Iba por un solitario tramo de carretera que conducía a su casa unas pocas millas más allá de la periferia de la gran ciudad. Alrededor de la mitad de una milla adelante de el se dio cuenta de un gran camión de carga venia la dirección opuesta. De repente un conejo salto delante de su coche. Se desvío para evitarlo y, al hacerlo, se salio de su carril. El estaba en carril contrario frente a los demás con el lado del conductor frente al tráfico. El supo que el camión grande venia en su camino.

El trato de iniciar su coche, pero no arrancaba. El trato de desabrochar el cinturón de seguridad para que pudiera salir del coche y de hacer señas al camión, pero la hebilla se había atascado. Entonces una luz lo golpeo en la cara. La luz provenía de los faros del camión grande se acercaba.

A medida que se acercaba el camión grande se dio cuenta que el conductor parecía estar enviando mensajes de texto y no estaba prestando atención a la carretera. Podía oír su música estruendosa música de rock pesado, por lo que supuso que la ventana debió haber estado abajo. El toco la bocina con furia, El sabia que no iba a morir porque tenía una línea larga de vida. Ese gran camión estaba a menos de 100 pies de el y se reviso la palma de la mano solo para estar seguro. Entonces sucedió. Ram Bosworth vio la línea de la vida en la palma de su mano derecha reducirse ante sus ojos. Se acordó de que todas las apuestas que perdió en el hospital eran personas con líneas largas de vida que murieron de todos modos. El nunca se molesto en revisar sus líneas de vida el porque murieron de todos modos. El nunca se le ocurrió ver la posibilidad del retroceso de línea de vida en los cadáveres. En ese momento, se dio cuenta de que su teoría estaba equivocada. Una línea de vida no puede predecir cuanto tiempo se vivirá porque cambia para adaptarse a su edad actual justo antes de la hora de muerte. Su revelación solo duro un instante, porque en el momento siguiente el impacto del accidente con el camión grande desmembró su cuerpo y salpico toda la carretera por unos 75 pies.

La chica de 18 años de edad Que no existe

Su nombre es Fe. Como muchos otros a los 18 años de edad, decidió dejar su hogar para experimentar fuera de casa y tener su propia experiencia y ver los retos del mundo como un adulto joven. Ella quería todo lo que quieren la mayoría de los adultos. Un hogar, un trabajo, un coche, seguro de salud pero todas estas cosas fueron más allá de su alcance. Fe no está físicamente o mentalmente discapacitada, ella no es pobre. Ella no está en este país ilegalmente y nunca ha sido condenada por un delito grave, sin embargo, todas las cosas normales de la mayoría de los adultos son prohibidas para ella. Con el fin de averiguar por qué, debemos mirar en que casa se crio.

Los padres de Fe son miembros de un culto religioso. Ella nació en la casa y sus padres nunca obtuvieron un certificado de nacimiento. Nunca solicitaron una tarjeta de seguro social para ella tampoco. Ella fue educada en casa, por lo que no existen registros educativos. Ella nunca fue hospitalizada por lo que no existen registros médicos. Sus padres no aparecen nunca en un formulario del censo porque nunca se molestaron en llenar uno. Cuando ella salió de casa lo hacía contra los deseos de sus padres, con la ayuda de su abuela.

Fe no es capaz de alquilar un apartamento porque ella no tiene número de seguro social o ninguna tipo de crédito. Ella no puede conseguir trabajo porque ella no tiene ningún número de seguro social. Ella no puede obtener un número de seguridad social porque ella no tiene ningún certificado de nacimiento. Ella no puede obtener una licencia de conducir porque no tiene ningún certificado de nacimiento. Ella no puede obtener seguro de salud porque ella no tiene número de seguro social o historia clínica. Incluso no puede aparecer ante un juez en su estado natal de Tejas porque se requiere tres formas de identificación para comparecer ante un juez y no tiene en absoluto ninguna identificación.

Ahora Fe debe esperar y tiene la esperanza de conseguir algún tipo de documentación que establezca que, de hecho, existe. Hasta entonces, ella tiene que vivir de la bondad de la abuela. Su historia plantea la pregunta de ¿cuántas otras personas en cultos religiosos y grupos marginados están en la misma posición? ¿Cuántos están en un estado que no es reconocido en absoluto en los ojos de su gobierno? ¿Qué tipo de futuro tendrán con una vida "fuera de la sociedad"?

Para Lo Que La Fe Me ha ensanado por El Profeta
de la Vida

¿Dónde estaba Dios?

Siempre fui un niño bastante enfermizo. Cuando
estaba cerca de un año y medio de edad, tuve
convulsiones severas. Terminé en coma durante
ocho semanas. ¿Dónde estaba Dios?

Cuando tenía dos o tres años de edad, tenía miedo a
la oscuridad. Traté de decirles a mis padres, pero
mi madre estaba demasiado ocupada trabajando
tratando de mantener a nuestra familia y mi padre
estaba demasiado borracho para cuidarme. ¿Dónde
estaba Dios?

Cuando en los primeros años de mi vida, he visto
con impotencia como el matrimonio de mis padres
se desintegró ante mis ojos, que terminó en amargo
divorcio antes de mi cuarto cumpleaños. ¿Dónde
estaba Dios?

Cuando me enviaron a vivir con extraños, lejos de
mis padres; ¿dónde estaba Dios?

Cuando me pase años de mi infancia viviendo bajo
el control de estos extraños y físicamente,
mentalmente, emocionalmente y sexualmente fui
abusado, ¿Donde estaba Dios?

Cuando tenía seis años y medio de edad y escapé
de una de las casas que me enviaron y tuve la
intención de suicidarme camine por una colina a un
acantilado y salte, ¿dónde estaba Dios?

Cuando a los nueve años de edad, estaba de vuelta con mi madre y nos mudamos a un apartamento diferente y la primera noche que pase, mientras yacía en la cama, un fantasma estaba rascándome la espalda y diciendo mi nombre y yo estaba demasiado asustado para moverme, o gritar o gritar por ayuda, ¿donde estaba Dios?

Durante todas las pruebas y sufrimientos que pase desde la infancia hasta la edad adulta, ¿dónde estaba Dios?

Hay momentos en los que sentimos que Dios nos ha abandonado, pero en realidad, es sólo nuestra percepción. Dios nunca abandona a nadie.

Cuando tenía un año y medio de edad y entre en convulsiones, de hecho morí. Un hombre alto, delgado, con barba de unos treinta años, entró en mi casa. Él dijo que él estaba allí para curarme. Le dijo a los paramédicos que vio la ambulancia estacionada en la avenida y él vino a ayudar. Los paramédicos le dijeron que era demasiado tarde, yo estaba muerto. Sin embargo, el hombre insistió en tratar de ayudar. Los paramédicos, supusieron que era médico, lo dejaron ayudar mientras ayudaban en mi abuela. El hombre encontró una manera para conseguir que mi corazón empezara a latir de nuevo. Mostró los paramédicos ellos se asombraron de que Él me había revivido. Luego se fue, nadie lo volvió a ver ni a oír de el. Dios estaba allí.

Después me llevaron al hospital los paramédicos, estuve en estado de coma, embalado en hielo durante ocho semanas. Aunque me hicieron las todas las pruebas posibles, los médicos no podían encontrar la causa de mis convulsiones. Mantuve una fiebre alta a pesar de estar y tener hielo a mi alrededor para enfriarme. Al final de las ocho semanas, mi condición había desmejorado mucho hasta el punto de que los médicos le dijeron a mi madre a hiciera arreglos para el funeral.

Mi madre fue a un pasillo, fuera de la habitación del hospital y comenzó a llorar. Mientras lloraba, un hombre calvo, asiático con una túnica de monje se acercó a ella. Se acercó a ella y le preguntó por qué lloraba. Supuso que era un doctor que estaba de visita, ella le habló de mi terrible experiencia y mi muerte inminente. Le preguntó qué tipo de pruebas me había hecho. Enumeró las numerosas pruebas realizadas sobre mi pequeño cuerpo. Escuchó y luego le preguntó si los médicos habían hecho pruebas en mis oídos. Mi madre no estaba segura. El hombre le dijo que les dijera a los médicos que examinaran mis oídos. Tenía dos oídos infectados. Una vez que se dieron cuenta de esto, los médicos fueron capaces de curar el problema y salí del coma. Cuando mi madre le preguntó el nombre del doctor asiático que la había ayudado, así ella pudiera darle las gracias. Los médicos respondieron que en ese hospital no tenían ningún médico asiático en el personal y que tampoco tenían ningún médico de visita. Dios estaba allí.

Cuando era un niño, tenia miedo a la oscuridad, yo rezaba para pedir ayuda. De alguna manera, yo sabía acerca de Dios a pesar de que nunca había ido a cualquiera de los servicios religiosos. Cuando oraba, yo veía, una pequeña luz aparecer en la esquina del techo. No fue lo suficientemente brillante como para iluminar la habitación, pero era lo suficientemente brillante como para hacerme saber que estaba a salvo a pesar de que estaba rodeado por la oscuridad, la luz estaba todavía presente. Dios estaba allí.

Cuando fui un impotente testigo de la desintegración del matrimonio de mis padres y me colocaron en las casas de padres de crianza que en repetidas ocasiones abusaron de mí, aprendí lecciones y desarrollé compasión por los que sufren de manera similar. Cuando me convertí en un adulto responsable, les ayudé y sirvió como un ejemplo de que era posible salir de ese infierno y todavía llevar una vida normal. Dios estaba allí.

Cuando tenía nueve años un fantasma me rasco la espalda y llamo mi nombre durante toda la noche yo estaba realmente asustado. Al día siguiente, cuando le pregunté al dueño si alguien había muerto en mi habitación, me dijo que su madre había muerto. La fantasma y la rascada continuaron, pero no me molestó porque me di cuenta de que lo que yo pensaba que era una presencia peligrosa pero no era más que una madre, tratando de frotar la espalda de un niño para ayudar a que se vaya a dormir. Dios estaba allí.

A través de todas las pruebas y tribulaciones desde mi infancia hasta la edad adulta, Dios estaba allí, con las lecciones que me enseño y el conocimiento obtenido de ellos para poder consolarme en futuros tiempos de aflicción. Así que la próxima vez que usted está pasando por un sendero o tribulación, trate de encontrar a Dios, porque Dios está allí.

Los tres Cochinitos (versión recontada)

Había una vez tres cochinitos que vivían en chozas propiedad de la empresa para la que trabajaban, estaban por un lado de una de las fábricas de propiedad de su compañía. Ellos eran felices allí. Tenían un buen trabajo. Tenían un hogar en la empresa. ¿Qué más podían pedir los cochinitos? Todos ellos se prepararon para una noche para ver la televisión.

Mientras tanto, a media milla de Camino adoquinado amarillo. La señora Lobo le dijo al Sr. Lobo que fuera al supermercado de Piggly Wiggly y comprara algunos trozos de jamón para la cena. El señor Lobo no tenia mucho dinero por lo que decidió agarrar un cochinito que vivía cerca de La ciudad de las fabricas.

Se dirigió a la casa del primer cochinito que era hecha de paja. Gritó "rico, rico quiero un cochinito en mi panza". Entonces él tomó la acción y sopló la casa hasta que callo destruida haciendo mucho polvo. Cuando el cochinito corrió lo agarro y lo puso en su saco.

A continuación, el Sr. Lobo fue por la calle. Oyó música procedente de una de las casas. Otro cochinito vivía allí y estaba escuchando una música de anti lobo de rap en su radio

¡"Esto no está pasando! Pensó el señor Lobo.

¿"Un cochinito que es racista contra los lobos?

¡Vamos a tener que hacer algo al respecto! ", Continuó.

Así que el Sr. Lobo quemo la casa de este cochinito ya hecha llamas mientras ardía el fuego el gritaba 'asado de lechoncito, "usando L mayúscula para los lechones. El cochinito en el interior salio tosiendo por la inhalación de humo. El señor Lobo lo levantó y lo puso en el saco y se fue en busca de un tercer cochinito para completar su menú.

Como el Sr. Lobo se acercó al final de la calle, vio un cochinito muy gordo que estaba haciendo ejercicio en una caminadora en su sala de estar. El señor Lobo pensó en lo delicioso estaba el cochinito gordo y se saboreó. Él comenzó a babear. La casa del cochinito era de acero y el señor Lobo no pudo derribarla. Él pensó por un momento, y luego decidió tocar el timbre.

"¿Quién es?", Dijo una voz dentro de la casa.

"Carnes de primera calidad a precios de descuento!", Dijo el señor Wolf.

Se abrió la puerta, pero el cochinito apareció con una pistola y arremetió contra el Sr. Lobo el agarro su camino por la calle
. Luego el cochinito liberó a sus dos amigos de la bolsa.

"¿Cómo supiste que era un lobo en la puerta?", Le preguntaron.

"No lo sabia Tengo algunos de estos filetes del mes pasado y eran a una estafa. Le dije a esa gente si alguna vez los viera en mi propiedad, yo dispararía contra ellos. "Respondió.

Después de esperar a su marido durante dos horas la señora Lobo fue al Piggly Wiggly Supermercado por sí misma para comprar los trozos de jamón. Una vez allí, se compró un billete de lotería Estado Rico. Al día siguiente, su número ganó $ 100.000.000,00. Se fue a vivir a un barrio mejor y nunca trató de encontrar a su perezoso, bueno para nada, de su marido porque ella quería quedarse con el dinero para ella sola.

Los tres Cochinitos

Desde el punto de vista del Sr. Lobo

Érase una vez que, mi esposa me pidió que fuera a comprar algunos trozos de jamón para la cena. No podía decirle que el dinero de mis últimos cheques por incapacidad los había usado para comprar un anillo de diamantes para nuestro aniversario que iba a ser en dos semanas a partir de ahora, por lo que, me decidí bajar por la fábrica y robar algunos cochinitos para la cena.

Después de caminar un rato, vi una casa hecha de paja. No pude ver el interior, pero podía oler un cochinito porque, bueno, los cochinitos son muy sucios y, la verdad es que apestan. Vi un soplador de polvo que estaba cerca y me di cuenta de que, a diferencia de mi abuelo, que utilizaba su soplido hasta jadear y tumbaba las casas abajo y(que murió de enfisema por cierto), yo podría hacerlo con un soplador de polvo haría el trabajo por mí. Así que fui con los que tenían sopladores de polvo, encontré uno que la batería de funcionaba, y la encendí. Soplé la casa hasta que cayo y recogí al cochinito cuando salio y lo puso en un saco.

Después de caminar un poco, via otra casa, esta se destacaba porque se oía música procedente del interior de la misma. He oído algunas canciones horribles de música anti-lobo de rap. Esto realmente me vuelve loco. Odio los racistas. Yo sabía que era un cochinito que vivía en esa casa porque, ¿quién más estaría tan loco como para tratar de insultar a los lobos grandes y malos?

Dejé que mi ira sacara lo mejor de mí destruí esta casa hecha de ramas, con fuego. Incluso grité algunas calumnias injuriosas contra el cochinito en el interior. Estaba un poco chamuscado cuando corrió fuera de aquel infierno y pensé que era la justicia kármica porque él era tan racista contra una minoría acosada.

Seguí caminando y vi una gran ventana de una casa en particular. Vi el cochinito más grande que he visto envuelto en una cinta de correr. Pensé en lo bueno que sabría. Empecé a babear. Me di cuenta de que su casa estaba hecha de acero. Yo sabía que no había manera de que pudiera derribarla. Tenía que encontrar la manera de conseguir la grasa, maravillosamente deliciosa de este cochinito y que me abriera la puerta.

Sabía que la única manera era tocar el timbre y conseguir que respondiera para que lo pudiera agarrar y ponerlo en mi saco. ¿A quien le abriría el cochinito la puerta de su casa? Ellos no abrirían para comprar Avon porque, seamos sinceros, los cochinos no son grandes compradores de productos de higiene. No abrirían para los vendedores de aspiradoras porque, viven en la inmundicia. Entonces, se me ocurrió una idea brillante. A los cerdos les gusta la carne. Me decidí decir que era una empresa de venta de carnes de primera calidad y barata.

Toqué el timbre y oí una voz desde el interior que respondió. Le dije que estaba vendiendo carnes baratas. Él abrió la puerta, pero antes de que pudiera agarrarlo y meter su grasa corporal en mi saco el mendigo me disparó.

Ahora estoy tirado en la calle a media cuadra de distancia. Mi cuerpo largo y guapo, delgado está lleno de balas. Puedo sentir la sangre que esta saliendo de mí. Siento que mi vida se esta escapando. Me gustaría poder ver a mi esposa por última vez, sólo para decirle que la amo, decirle dónde escondí el anillo de diamantes y darle un beso de despedida. Me temo que voy a desaparecer antes de que yo pueda hacer ninguna de esas cosas. La vida es tan injusta.

Los tres cerditos

Desde el punto de vista de la señora Lobo

Hace dos días, envié mi perezoso, bueno para nada de mi marido al supermercado Piggly Wiggly para que comprara algunos trozos de jamón para la cena. El nunca regresó! Así que, después de dos horas, fui yo. Al momento de comprar los trozos de jamón, vi un cartel que decía lotería Fantasyland ahora más de $ 100.000.000. Sólo tenía que comprar uno. Así que lo hice.

Al día siguiente, me gane la lotería! Ahora soy una millonaria con $ 100.000.000. Mi marido nunca regresó. Creo que se fue con una empleada del Piggy Wiggly. Lo vi mirándola cuando pensaba que no lo estaba viendo. Espero que nunca regrese. Me voy a encontrar un nuevo marido con mi nueva fortuna!

Biografia del Mark Wilkins
El Narrador

Mark Wilkins, es mejor conocido por sus lectores como El narrador. Él publico la serie de un cuentacuentos de libros para la Edición Internacional de la Fuerza del Amor. A diferencia de la mayoría de las otras series de libros, no se concentra en un personaje en particular o en una línea particular. En cambio, se centra en los libros de historias cortas en varios géneros por un autor en particular (Mark Wilkins). Algunos de los libros en la serie de libros de El Narrador incluyen la ficción seria (una semana de la ficción), la ficción humorística (rebanadas de la vida) y una mezcla de la ficción seria y chistosa y de la no ficción (Confesiones de un salón de clase) y de la ficción sobrenatural La historias de lo supernatural).

Wilkins escribe: Los lectores que disfrutan de mis libros como la lectura que chispea su imaginación. Les gustan las historias con personajes memorables y extravagantes en temas inusuales. Les gustan las vueltas y vueltas inesperadas en la trama. Si alguna de estas cosas que mis lectores disfrutan lo describe, entonces también disfrutará mi escritura.

Me siento cómodo escribiendo en muchos géneros diferentes. Escribo ficción humorística y seria. Algunas de mis historias se basan en hechos verdaderos, otros son totalmente mi invención. Depende de usted, el lector, decidir qué historias se basan en hechos reales y cuáles son completamente mi invención porque no lo estoy diciendo. Me gusta contar historias y trabajo muy duro para que esas historias sean convincentes y entretenidas. Espero que disfrute leer mis libros.

Las rebanadas de la serie Las Rebanadas de la Vida son una colección de historias cortas humorísticas sobre vida. La mayoría de ellos se ocupan de matrimonio y miembros de la familia. Desde los cónyuges inteligentes hasta los pequeños niños inteligentes para los chicos que tratan de impresionar a sus amigos y suegros tratando de dominar la tecnología de cada historia es como una pequeña porción de la vida, pero juntos, constituyen un pastel irresistible. Siéntese, tome una taza de café y disfrute de algunas rebanadas de mentira porque, antes de que usted lo sepa, usted habrá terminado las rebanadas enteras. Hay dos libros en la serie.

Serie de una Semana de Ficción: Cada libro contiene 7 historias inusuales de ficción que explora diferentes aspectos del género. A menudo despótica ya veces surrealista, si quieres historias que nunca olvidarás, solo necesitas contar hasta 7. Hay cuatro volúmenes en la serie.

Serie de Confesiones en el Aula: Una colección de historias, perspectivas y poemas sobre los problemas que enfrentan los maestros, estudiantes y administradores involucrados en la educación pública. Cuestiones como la presión de los compañeros, la gestión del aula, la violencia, las pandillas, la corrupción, el escándalo y el suicidio se tejen a lo largo del tapiz de historias de esta colección. Hay dos libros en la serie.

Historias de la serie sobrenatural: Esta colección de historias cortas te perseguirá y te entretendrá. Ya sea el clásico mal de Un Pedazo de Carbón o la fantasía de El Fantasma en la Casa esta colección de historias cortas y poemas te perseguirá, emocionará y te entretendrá. Hay dos libros en la serie.

Atentamente

El Narrador

Mark Wilkins

Libros en Espanol de Kindle

Por Amor Fuerza Internacional compañia de publicaciónes

Todo ese n Ingles tambien!

Cada Kindle e-book es sólo 99 centavos! (NOS)

Libros de muestreo

La Fuerza Internacional Amor Lector : Diferentes muestras de 7 Libros por 3 differentes autores En Espanol. **Volumen 1** ASIN: B06XB3RJ2K Volumen 2

Libros de no ficción

Controversia: ¿Qué Caitlyn Jenner, Donald Trump, una cura para el SIDA, los hackers chinos, Adolf Hitler y el calentamiento global tienen en común? Todos ellos están en el centro de una controversia y hay historias sobre ellos en este libro único que Voltea a las titulares de los tabloides de adentro hacia afuera. **Autor: El Profeta de la Vida ASIN: B01CRF3098**

Historias Verdaderas de inspiración y interés general ¿Qué hacen los adictos de teléfonos celulares, George Orwell, pájaros, Paul McCartney, el Premio Nobel, el Viernes Negro, Led Zeppelin, basura, una charla, de inflexión, Steve Jobs, Shakespeare, los pensamientos de inspiración y lamadre ¿Qué tienen en común? Estás historias son reales en este libro. Son verdaderas Historias de Inspiración e Interés General reúne cuentos y poemas sobre las celebridades, las tendencias y la gente común. A veces es sorprendente, siempre interesante, que al mismo tiempo le entretendrá y le dará algo en qué pensar. **Autor: El Profeta de la Vida ASIN: B00TXWVNUC**

Verdaderas Historias de Crimen y Castigo: Este es un libro de historias de crímenes graves arrancadas de los titulares de todo el mundo. De la familia que desapareció a la niña de 11 años muerta en una pelea sobre un muchacho al prisionero que no ha comido en 14 años a la cabeza humana cortada encontrada cerca de la famosa señal de Hollywood, cada historia cuenta sobre el crimen y lo sucedido Al criminal de una manera que te sorprenderá y te dará una pausa para pensar. **Autor: El Profeta de la Vida ASIN: B01N10ND7S**

Como Convertirse en la persona que siempre ha deseado ser.
Un simple personalizado, sistema, la transformación
Es un sistema para ayudar a las personas a transformar sus vidas. Yo quería que fuera simple, fácil de usar y no tomara mucho tiempo, dinero o esfuerzo. Es un simple sistema personalizado de transformación. Tiene ocho sencillos pasos que se mueven a través del proceso. **Autor: Mark Wilkins ASIN: B01MSYVU6R**

Herramientas para tener éxito en la vida
Este libro analiza el éxito y te ayuda a aclarar qué es el éxito para ti. Tiene diferentes formas de ver el éxito, el fracaso, el sufrimiento y el sacrificio. Le da un plan para hacer cambios en su vida, consejos para evitar algunos errores comunes y le proporciona citas de motivación y ejemplos de vidas inspiradoras que han cambiado el mundo. **Autor: El Profeta De La Vida ASIN: B078JZGWDH**

Confesiones de un Aula: es una serie de historias reales sobre la experiencia de las líneas de frente de la educación pública. En sus páginas se encontrará con personajes estrafalarios, lo bueno, lo malo y lo más cafeínado. Algunos de ellos son profesores, algunos estudiantes y algunos son administradores. Algunos le hará reír, otros te hará llorar, pero todos ellos desempeñan un papel importante en la educación pública. Sus historias están escritas en forma de entretenimiento y para darle algo en que pensar.

Autor: Mark Wilkins ASIN: B01MSV4N92

Confesiones de un Aula 2: Historias llenas de maestros poco convencionales, estudiantes brillantes, matones, héroes y cartas que traen la realidad de la educación pública con todas sus luchas y glorias ante ustedes. Encontrará personajes memorables como Sr. Manosfelices, la sustituta francesa, el decano Bravo y el gorrón. Directamente de los recuerdos de alguien que estaba allí. Algunos le harán reír, otros le harán llorar. Ellos te entretendrán y te darán algo en que pensar.

Autor: Mark Wilkins ASIN: B06XC9HDQV

Libros sobre la fe

Lo Que La Fe Me ha enseñado: En este volumen repleto, de pensamientos espirituales e inspiradores el autor es un líder, el profeta de la vida comparte su fe, percepciones espirituales y lecciones de la vida que le pueden ayudar, inspirar y orientar hacia una mejor vida. **Autor: El Profeta de la Vida ASIN: B01EE3QSW2**

Inspiración para todos: **Volúmen 1, Inspiración para tu Espíritu.** Escrituras inspiradoras seleccionadas. Si eres de fe o necesitas inspiración en tu vida, este libro lleno de historias inspiradoras, poemas y ensayos te mantendrá y te fortalecerá en tu viaje. **Por El Profeta de la Vida ASIN: B071JW8XXH**

Inspiración para todos: **Volumen 2, Inspiración para tu mente.** Escrituras seleccionadas para inspirar tu mente. Este libro lleno de historias inspiradoras, poemas y ensayos te mantendrá y te fortalecerá en tu viaje. **Autor: El Profeta de la Vida, Mark Wilkins y Dr. Ganso. ASIN: B072WK9JBH**

Citas sobre Dio: Este pequeño libro esta lleno de algunas de las citas mas populares acerca de Dios atribuidas al Profeta de la Vida. Provoca ambos pensamientos e inspiraciones. Esta lleno de docenas de citas sobre Dios que uno puede leer y copiar para uso personal.
Autor: El Profeta de la Vida
ASIN: B01BJXYHLY

Encontrar a Dios en un mundo caótico: En este libro, aprenderá que el Señor se comunica con todos y que aprenderá cómo el Señor se comunica con usted. Aprenderá acerca de la Verdadera Naturaleza de Dios y se dará cuenta de cuán profundo es el alcance y el Amor de Dios. Aprenderás el secreto de por qué la voluntad de Dios siempre prevalece. Aprenderás acerca de los Profetas enviados a nuestro planeta, para entregar la Palabra de Dios, algunos que conoces y otros que conocerás. Aprenderás el secreto de acercarte más a Dios. Aprenderás sobre el cambio que está ocurriendo en todo nuestro planeta y aprenderás qué lo está causando. Si estás listo para las revelaciones que pueden cambiar la forma en que ves la vida en general y tu vida en particular, lee este libro. **Autor: El Profeta de la Vida**
ASIN: B0793KDYX3

Encontrar a Dios sin religión. Un camino agnóstico a Dios Tú y tu camino a Dios, en la Vida y Más Allá: Las personas de fe no son exclusivas de la religión. Hay muchos que son espirituales o agnósticos. No encajan en la doctrina, los rituales o la comunidad congregacional de religión. En este volumen lleno de sabiduría, las personas de fe pero sin una religión organizada pueden obtener ideas sobre la vida, la vida futura y que Dios sin ser culpable se tropezó con la conversión. Este volumen es el libro 2 de la serie Revelations of 2012 Beyond Faith. La parte 1 se titula Encontrar a Dios en un mundo caótico. **Autor: El Profeta de la Vida**

Las mejores citas espirituales: Este libro está lleno de algunas de las citas más populares sobre Temas Espirituales atribuidos a El Profeta de la Vida. Se incluyen citas de fe, misericordia, lecciones de vida, humanidad y espiritualidad. Debes encontrar que son profundos, estimulantes e inspiradores. Está lleno de muchas páginas de citas que se pueden leer y copiar para uso personal. **Autor: El Profeta de la Vida**

Libros de ficción

• **Rebanadas de Vida 1:** es una colección de cuentos humorísticos sobre la vida. La mayoría de ellos son de los miembros de la familia y del matrimonio. De cónyuges inteligentes, los niños pequeños inteligentes, de chicos tratando de impresionar a sus amigos, de leyes tratando de dominar la tecnología de cada historia es como un pequeño trozo de vida, pero en conjunto, forman un pastel irresistible. Siéntese a tomar una taza de café y disfrutar de algunas rebanadas de Vida. **Autor: Mark Wilkins ASIN: B01BBBZUL0**

Rebanadas de Vida 2 : Esta secuela de Rebanadas de la Vida tiene historias más humorísticas sobre los ricos, los pobres y la clase media. Incluso tiene una historia sobre una de sus mascotas. La ignorancia es el tema principal de este libro, la ignorancia que tiene consecuencias que a veces son tocantes pero siempre humorísticas. ¡Así que prepare un poco de café o té, siéntese, relájese y disfrute de otro lote satisfactorio de Rebanadas de la Vida, porque, antes de que usted lo sepa, lo habrá devorado todo en un momento!**Autor: Mark Wilkins ASIN: B06XKP5C66**

- **Historias Escandalosas 1**: Este libro está lleno de artículos humorísticos poco convencionales e irreverentes. Todos ellos son ficticios y muchos de ellos completamente escandalosos. Nadie está a salvo de que se burlen de ellos terroristas, Presidentes, Dictadores, El Negocio de Peliculas y Música o Juegos Oympicos de Flojos. Si tienes edad universitaria o tienes un sentido del humor extravagante e irreverente, ¡este libro es para ti! **Autor : Mark Wilkins ASIN: B07D1RH9W3**

- **Historias Escandalosas 2** Este libro está lleno de artículos humorísticos poco convencionales e irreverentes. Todos ellos son ficticios y muchos de ellos completamente escandalosos. Nadie está a salvo de que se burlen: terroristas, policia, criminales, El Negocio de Peliculas y Música, la profession medico, tradiciones, Si tienes edad universitaria o tienes un sentido del humor extravagante e irreverente, ¡este libro es para ti! **Autor : Mark Wilkins ASIN:**

Karma: Karma es la historia de un hombre que esta entre dos culturas diferentes, y se opone a la vida opuesta que compiten por su atención. Sus conflictos y luchas son eclipsados por fuerzas cósmicas que él no puede entender. El karma proporciona una visión de las luchas y los conflictos que todos enfrentamos. **Autor: Mark Wilkins. ASIN: B072Z6L36V**

El valor de una semana de ficcion 1: Gente en el Filo del Borde En el volumen 1 del valor de una semana de ficción te encontrarás con gente en los bordes de la sociedad. Un guardia de seguridad que lucha y tiene una mujer moribunda, un anciano cuyo fin es que muera en el bosque, una mujer luchando por capturar un romance antes de que su belleza se desvanezca y otro luchando con el cáncer. Te encontrarás con un niño pequeño que aterroriza a la gente en una tienda de comestibles, un adolescente buscando amor y un pequeño empresario que lucha contra un monopolio. Si quieres historias de ficción que nunca te olvidaras sólo necesita contar hasta 7. **Autor: Mark Wilkins ASIN: B06XVD21PM**

El valor de una semana de ficcion 2: Historias de Ciencia Ficción En el volumen 2 del valor de una ficción una semana incluye historias de ciencia ficción. Dentro de sus páginas usted encontrará historias de una chica que tiene la cura para una enfermedad mortal, una mujer en una cita con una enfermedad psicosomática llamada profecía, pollo robot, una mosca sobrenatural, una proyección astral, un maestro en un nuevo trabajo donde todo no es lo que parece y un mundo futurista donde la economía sólo es trueque. Si quiere historias de ciencia ficción que nunca olvidara solo es necesario contar hasta 7. **Autor: Mark Wilkins ASIN: B071GCYFK6**

El valor de una semana de ficcion 3: Muchas caras de la violencia En el volumen 3 del valor de una semana de ficción, incluye muchas caras de la violencia, historias de ficción de las 7 todas exploran la violencia desde diferentes ángulos, una historia mira lo que pasa por la mente de un terrorista sobre explotarse a si mismo, otro mira un a un ejecutivo teniendo en cuenta el suicidio, las parcelas de otras historias incluyen un, hombre tratando de burlar a un robacoches armado, un alguacil de aviones tratando de averiguar quién es el terrorista, un soldado que se da cuenta que una persona en su pelotón es un asesino en serie, un ex convicto que tiene que decidir si debe usar la violencia para combatir el mal y un hombre que se convierte en un héroe a través de violencia indescriptible, si quieres historias violentas que nunca olvidara, basta contar hasta 7. **Autor: Mark Wilkins ASIN: B072K6J9HN**

El valor de una semana de ficcion 4: Realizaciones En el volumen 4 del valor de una semana ficción, es de realizaciones, conocerá a personas de diversas procedencias que llegan a realizaciones importantes. Se encontrará con un Doctor que llega a una realización sobre la vejez, un político que lucha por ser su propio ser, un hombre rico que llega a una epifanía después de un encuentro casual en una tienda, un granjero que necesita ayuda, un chico que lucha con un nuevo celular que parece intervenido, una nadadora que se beneficia de su rutina de todas las mañanas y un agente de policía que desarrolla empatía para un peligrosos gánster. Si desea leer historias ficticias que nunca te olvidara sólo necesita contar hasta 7. **Autor: Mark Wilkins ASIN: B071JVQQ96**

Historias de lo sobrenatural 1: Un libro de la serie Narrador Volumen 1Fantasmas, criaturas demoníacas, y la muerte. Esta colección de historias cortas lo perseguirá y entretendrá. Ya sea la malvada historia clásica de un trozo de carbón o el capricho de un fantasma en la casa esta colección de cuentos y poemas perseguirá y entretendrá **Autor: Mark Wilkins ASIN: B01MA12YXY**

Historias de lo Sobrenatural 2
En esta secuela de Historias de lo Sobrenatural hay más fantasmas, criaturas demoníacas y la muerte. Esta colección de relatos cortos centra de fantasmas y monstruos. Dentro de sus páginas te maravillarás con las hazañas de El Coleccionista de Almas, temblará ante la mención del temido Bungadun o el El Infierno Banger y montarás los rieles en el tren fantasma. Correa en sus cinturones de seguridad, va a ser un viaje accidentado! **Autor Mark Wilkins ASIN: B01M4FXDL1**

Libros de poemas y Citas

¡Vidas románticas!

¡Vidas románticas! es una colección muy especial de poemas de amor románticos. Los poemas están organizados para seguir el arco de un romance desde sus etapas tempranas de un amor joven través de sus dulces seducciones y la dichosa sabiduría del amor maduro. Si estás buscando romance en tu relación amorosa o simplemente quieres una lectura romántica alegre y perspicaz, este libro es para ti.

Autores: Mark Wilkins y El Profeta de la Vida
ASIN: B07DP7HX9P

Cada Lirica Cuenta una Historia

Una colección de letras de canciones únicas que cuentan historias impactantes sobre las personas, sus vidas, sus esperanzas y sus sueños. Puedes encontrarte a ti mismo y a las personas que conoces en muchos de ellos.

Autor: El Profeta de la Vida y Mark Wilkins
ASIN: B07F5N1Y5G

Citas por cositas general

Este breve libro está lleno de algunas de las citas más populares sobre temas generales atribuidos a El Profeta de la Vida. El libro incluye citas sobre temas como la vida, el amor, la felicidad, el crimen y el castigo, el bienestar e incluye muchas de las citas cómicas atribuidas a El Profeta de la Vida. Encontrará el ingenio y la sabiduría en sus páginas sugerentes e inspiradoras. Está lleno de docenas de excelentes citas sobre diversos temas que uno puede leer y copiar para uso personal. **Autor: El Profeta de la Vida**

Libros para niños

Historias clásicas para niños, Que usted probablemente nunca oído Volumen 1: Ya se trate de las aventuras de un pollo que habla, la balada de un hombre peludo, una historia sobre un tipo que tiene gusanos como amigos o una historia infantil clásica actualizada y contada con un giro diferente este conjunto de historias infantiles entretendrán a los niños envejecidos en su familia. **Autor: Dr. Ganso ASIN: B01NAF8QNU**

Historias clásicas de niños, que nunca has escuchado Volumen 2: Esta secuela le da más clásicos desconocidos. El libro da a conocer nuevos personajes como un pequeño pollo cuya vida es similar a la de una persona y una balada sobre un hombre peludo. Hay una historia sobre un príncipe cuya negativa causa un incidente internacional. Incluso hay una versión actualizada de la historia de los niños clásicos que todos conocemos desde puntos de vista de diferentes personajes. **Autor: Dr. Ganso ASIN:**

Niños de la escuela Volumen 1: Seis historias divertidas sobre niños que son más inteligentes para su edad. Dentro de sus páginas se encontrará con un chico cuyo vocabulario es mejor que los adultos de su escuela, un niño que se escapa de una nalgada, un niño que recibe un teléfono celular nuevo con un problema y un hermano y una hermana que aprenden cómo deshacerse de la basura de una tía vieja .Recomendado para niños de 12 a 16 años. **Autor: Mark Wilkins ASIN: B078JMR7ZB**

Niños de la escuela Volumen 2: 9 historias sobre niños que están en la escuela secundaria. Dentro de sus páginas se encontrará con un grupo de niños que se involucran en una guerra de huevos podridos, una niña que no existe, y un niño que envía a un amigo en una cita con su hermana. Recomendado para niños de 14 a 18 años. **Autor: Mark Wilkins ASIN:**

Primer libro de pequeñas fábulas estúpidas: Si la codicia de mooches, los ladrones del almuerzo, los niños sádicos, o las historias extrañas sobre animales domésticos esta primera parte en la serie de historias humor irreverente con la entrega de conclusiones retorcidas sobre el egoísta y el codicioso. Incluso tiene unos pequeños dibujos estúpidos! Para los jóvenes. **Autor: Dr. Ganso ASIN:**

Segundo libro de pequeñas fábulas estúpidas: Ya
se trata de abuelas bien intencionadas pero
incompetentes, de mujeres egoístas, de niños
sádicos o de locos en los centros comerciales, esta
segunda parte de episodios de la serie de historias
irreverentemente humorísticas que ofrece
terminaciones retorcidas sobre los egoístas y los
codiciosos. Incluso tiene los dibujos a los que te
gusta hacer burla de igual que la primera! Para los
menores. **Autor: Dr. Ganso ASIN:** B0755YK6NH

Libros En Papel

La trilogía de la fe En este volumen repleto, de pensamientos espirituales e inspiradores el autor y un líder de pensamos espiritu, el profeta de la vida comparte su fe, inspiracion y citas sobre dios, Este Trilogía de Fe incluye tres libros llenos de fe: Lo que la fe me ha enseñado, las mejores citas sobre Dios e inspiración para todos: escritos inspirados seleccionados. **Autor: El Profeta de la Vida** ISBN-13: 978-1936462520

La Trilogía Agnóstica de la Fe ¡Loveforce tres libros en una!
¡Tres grandes libros combinados en un libro de bolsillo! Obtienes: Encontrar a Dios sin religión, Las mejores citas espirituales y Encontrar a Dios en un mundo caótico. **Autor: El Profeta de la Vida ISBN-13: 978-1936462599 (Edición española)**

Rebanadas de Vida Rebanadas de la Vida tiene historias más humorísticas sobre los ricos, los pobres y la clase media. Incluso tiene una historia sobre una de sus mascotas. La ignorancia es el tema principal de este libro, la ignorancia que tiene consecuencias que a veces son tocantes pero siempre humorísticas. ¡Así que prepare un poco de café o té, siéntese, relájese y disfrute de otro lote satisfactorio de Rebanadas de la Vida, porque, antes de que usted lo sepa, lo habrá devorado todo en un momento! **Autor: Mark Wilkins ISBN-10: 193646246X ISBN-13: 978-1936462469**

Historia Sobrenaturales Fantasmas, criaturas demoníacas, y la muerte. Esta colección de historias cortas lo perseguirá y entretendrá. Ya sea la malvada historia clásica de un trozo de carbón o el capricho de un fantasma en la casa, de El Coleccionista de Almas, temblará ante la mención del temido Bungadun o el El Infierno Banger y montarás los rieles en el tren fantasma. esta colección de cuentos y poemas perseguirá y entretendrá. Correa en sus cinturones de seguridad, va a ser un viaje accidentado! **Autor: Mark Wilkins ISBN-10: 1936462575 ISBN-13: 978-1936462575**

- **Confesiones de Escuelas Publicas: Frente a la Batalla de la Educación Pública** Confesiones de Escuelas Publicas es una seria de historias verdaderas de las líneas del frente de la educación pública. Entre las paginas usted va a conocer personajes peculiares, unos malos otros buenos con mucho café encima. Algunos de ellos son maestros, algunos estudiantes, y algunos administradores. Algunos les harán reír, otros los harán llorar pero ellos juegan un papel muy importante en la educación pública. Sus historias están escritas de una manera de entretenimiento y le dará algo en que pensar. **Autor: Mark Wilkins   ISBN-10: 1936462060 ISBN-13: 978-1936462063**

Controversias! ¿Qué Caitlyn Jenner, Donald Trump, una cura para el SIDA, los hackers chinos, Adolf Hitler y el calentamiento global tienen en común? Todos ellos están en el centro de una controversia y hay historias sobre ellos en este libro único que Voltea a las titulares de los tabloides de adentro hacia afuera. **Autor: El Profeta de la Vida.**

El valor de una semana de los volúmenes de ficción 1 y 2

Una semana de ficción, edición en rústica
Si se trata de un hombre que se convierte en héroe a través de la violencia indescriptible, una adolescente luchando contra una corporación sobre los derechos a su sangre, o la lucha de vida y muerte en un coche carjacked esta colección de Volúmenes 1 y 2 de Una Semana de Ficción le da 7 Más historias que te emocionarán, te sorprenderán y te harán pensar. A menudo distópica ya veces surrealista, si quieres historias que nunca olvidarás, solo necesitas contar hasta 7 y puedes hacerlo dos veces en esta edición especial de bolsillo. **Autor: Mark Wilkins**

El valor de una semana de los volúmenes de ficción 3 y 4

Ya se trate de una mujer tratando de encontrar el amor antes de que su apariencia se desvanezca, un mariscal luchando contra el racismo, un ex convicto tratando de mejorar su vida, un soldado tratando de resolver un misterio, un indígena tratando de ir en contra de la discriminación en contra de la edad, esta colección de volumenes 3 y 4 de una semana de valor de la ficción le da 7 historias más en cada uno que le darán emoción, sorpresa y lo harán pensar. A menudo son distó pica y a veces surrealista, si quieres historias que nunca olvidarás, solo necesitas contar hasta 7 y puedes hacerlo dos veces en estas ediciones especiales de bolsillo. **Autor: Mark Wilkins**

www.ingramcontent.com/pod-product-compliance
Lightning Source LLC
Chambersburg PA
CBHW030548130626
46552CB00006B/2483

* 9 7 8 1 9 3 6 4 6 2 5 8 2 *